CHLOÉ CÉSÀR

Dirty Virgin

Buch

Barkeeper Patrick und Journalistin Noella haben sich in Key West kennen gelernt, und aus ihrer heißen Affäre ist längst mehr geworden.
Als Patrick einen lukrativen Job als Barkeeper auf der Luxusyacht *Yolanda* übernimmt, heuert Noella ebenfalls an, als seine Assistentin. Abgesehen davon, dass sie in Patricks Nähe bleiben will, verspricht sich die Journalistin von dem Segeltörn ausreichend Recherchematerial für einen Artikel über das Sexleben der Schönen und der Reichen.
Der vermögende, einflussreiche Besitzer der Yacht, Leandro O., entpuppt sich als ebenso charismatisch wie undurchsichtig. Und auch die prominenten Gäste, unter ihnen der Künstler, Callboy und Pornostar Viktor sowie die schöne Maya, Chefin eines Escortservices in Los Angeles, lassen sich nicht gerne in die Karten schauen.
Und während die Yacht durch die Gewässer rund um Key West schippert, geraten Patrick und Noella schnell immer tiefer in den Sog der frivolen Abenteuer an Bord. Ihre Beziehung gerät darüber ins Schlingern. Und als dann noch ein Gast spurlos im Meer verschwindet, hat Noella auf einmal Stoff genug für ein ganzes Buch …

Autor

Chloé Césàr wurde in Rom geboren und kann väterlicherseits auf französisch-libanesische Vorfahren zurückblicken. Die Mutter ist Deutsche und entstammt einer Diplomatenfamilie.
Bereits mit dreizehn entdeckte Chloé im Bücherschrank ihres Vaters verborgene Schätze: Werke von Henry Miller und Anaïs Nin. Ihr Interesse an erotischer Literatur war schlagartig geweckt und führte nur wenige Jahre später zu ersten eigenen Veröffentlichungen in diesem Genre.

Als Blanvalet Taschenbuch von Chloé Césàr lieferbar:

Die Liebesgöttin (36513) – Die Liebesgöttin erwacht (36585) – Die Liebesgöttin in Höchstform (36856) – Tequila (36819) – Perlende Lust (36820)

Chloé Césàr

Dirty Virgin

Erotischer Roman

Originalausgabe

blanvalet
AVENUE

FSC
Mix
Produktgruppe aus vorbildlich bewirtschafteten Wäldern und anderen kontrollierten Herkünften

Zert.-Nr. SGS-COC-1940
www.fsc.org
© 1996 Forest Stewardship Council

Verlagsgruppe Random House FSC-DEU-0100
Das für dieses Buch verwendete FSC-zertifizierte Papier
Holmen Book Cream liefert Holmen Paper, Hallstavik, Schweden.

1. Auflage

Umschlaggestaltung: HildenDesign München
Umschlagfoto: © istockfoto (3491312)
Redaktion: Theda Krohm-Linke/Thomas Paffen
HK · Herstellung: RF
Satz: DTP Service Apel, Hannover
Druck und Einband: GGP Media GmbH, Pößneck
Printed in Germany
ISBN: 978-3-442-36821-1

www.blanvalet.de

DIRTY VIRGIN

1,5 cl Crème de Cacao (dunkel)
4,5 cl Gin
Eis

PROLOG

»He, Patrick! Eine Margarita *Hemingway* für die junge Lady hier, und zwar auf meine Rechnung.«

Die heisere und leicht zittrig klingende Männerstimme gehörte eindeutig zu dem alten Ron, der in Key West niemals irgendwo auftauchte ohne seinen Kakadu Joe auf der Schulter. Selbst hierher in seine Stammkneipe, die *Crocodile-Bar,* schleppte er den frechen Vogel mit, der schon mal gerne in eine nackte Frauenschulter biss, wenn ihm gerade danach war. Allerdings machten es ihm hier die häufig einlaufenden Touristinnen in ihrer knappen Strandbekleidung auch leicht. Sprich, es gab genügend hübsches nacktes Fleisch zur Auswahl.

Patrick reagierte allerdings nicht auf den Zuruf, sein Blick hing momentan wie gebannt an Noellas Lippen, die ihn jedoch nur wortlos aus dunkelblauen Veilchenaugen fixierte.

»He, Barkeeper!«

Ron wurde dieser Tage schnell ungeduldig. Vor allem, wenn eine neue Touristin auf der Bildfläche auftauchte, die noch dazu solo unterwegs zu sein schien.

Der alte Knabe war an einem Lebensabschnitt angelangt, in dem es überhaupt nicht mehr in Frage kam, sich mit einem jüngeren Nebenbuhler zu messen. Also hatte Ron beschlossen, immer der Erste zu sein, der dem *Frischfleisch* einen Drink spendierte. Immerhin sicherte er sich auf diese Weise das kleine und eher unschuldige Vergnügen, die Lady als Erster ein wenig ausfragen zu können. Um dann später vor seinen wenigen verbliebenen Kumpels mit dem neu erworbenen geballten Wissen zu glänzen.

»Also, sie heißt Noella und kommt aus München in Germany. Hat gerade ihr Uni-Diplom in der Tasche, das junge Küken. Will Journalistin werden, für irgend so ein People- oder Lifestyle-Magazin! Hab ihr gesagt, mit ihrem hübschen Gesicht und dem Traumbody solle sie es besser mal in Hollywood versuchen, da käme mehr Kohle rüber und die Arbeit wäre vermutlich auch noch leichter. Sie hat aber bloß weise und ein bisschen von oben herab gelächelt, die Kleine. Hat halt noch ihre Ideale im Kopf, kann ich verstehen, war schließlich auch mal jung. Wär ich's heute noch, dann wär das Püppchen heute Nacht in meinem Bett gelandet, jede Wette! So was Niedliches wie die hab ich früher spätestens nach zwei Stunden Gequatsche und einigen Drinks auf der Spitze meines Johnnys reiten lassen, verlasst euch drauf.«

Leider ließ aber in letzter Zeit auch Rons Gedächtnis immer öfter zu wünschen übrig. Andernfalls nämlich hätte er sich an das »Püppchen« namens Noella aus München noch erinnert!

Immerhin war es gerade mal neun, höchstens zehn Wochen her, dass die »Kleine« hier – just an derselben Stelle vor der Theke – ihren allerersten Auftritt im *Crocodile* gehabt hatte.

Auch damals hatten sich ihre und Patricks Blicke gekreuzt und waren dann wie gebannt aneinander hängen geblieben. Der alte Mann mit seinem Kakadu war auch damals Zeuge jener Szene gewesen.

Man musste Ron allerdings zugutehalten, dass dies ziemlich oft vorkam: Eine attraktive Frau betrat das *Crocodile*, bemerkte den gut aussehenden Kerl hinter dem Tresen und bekam augenblicklich weiche Knie. Sprich: einen feuchten Blick (vielleicht auch ein feuchtes Höschen, aber darüber konnte man nur spekulieren).

Der feuchte Blick sollte den schmucken Barkeeper bezirzen, so viel war klar, das konnte ein Blinder sehen und ein Sehender geradezu riechen.

Und Patrick kannte das Spiel natürlich auch. Es gehörte zum Job wie das Cocktailmixen.

Kein Barkeeper konnte es sich erlauben, einen solch hungrigen Frauenblick einfach zu ignorieren.

Die Frauen kamen in ihrem nicht gerade billigen Florida-Urlaub schließlich von weit her nach Key West, um sich ein wenig zu amüsieren.

Jeder Profi wusste das. Und Patrick war ein Vollprofi.

»Junge, was ist denn los mit dir? Mach deinen Job, ansonsten müsste ich mich, so leid es mir auch täte, bei Bill beschweren! Bist doch neulich erst rausgeflogen hier, Mann! Brauchst du eine Wiederholung?«

Ron gab nicht nach. Er war schließlich der zahlende Gast und fühlte sich im Recht. Außerdem gefiel ihm das »Püppchen« zunehmend besser, vor allem, nachdem er seine Brille aufgesetzt hatte, um sie näher und ziemlich ungeniert von oben bis unten zu mustern. Ob dabei ein kurzer Erinnerungsblitz seine kleinen grauen Zellen erhellte, war ihm zumindest äußerlich nicht anzumerken.

Es hätte den alten Ron aber auch nicht die Bohne interessiert.

»Barkeeper! Eine Margarita *Hemingway* für die Prinzessin!«, insistierte er, wobei seine Stimme mittlerweile fast schon klang wie die von Kakadu Joe. Der prompt seinerseits zu krächzen begann: »Bullshit!«

Ron kicherte zufrieden und sichtlich stolz: »Halt den Schnabel, Joe! Obwohl du mal wieder Recht hast.«

»Herzensprinzessin!«, sagte in diesem Augenblick Patrick so laut, dass es neben Ron nun wirklich auch alle umstehenden Gäste an der Bar hören konnten: »Wie war die Anreise?«

Das war der Aha-Moment, in dem selbst Rons alternde graue Zellen den erhellenden Geistesblitz erfuhren.

Ron *erinnerte* sich jetzt wieder: Dieser schönen Lady wegen hatte Patrick doch vor einiger Zeit seinen Job verloren und war anschließend nach San Francisco gegangen, um dort in einer todschicken Nachtbar zu arbeiten.

Und natürlich war *Eifersucht* dabei im Spiel gewesen, wie es eben so ist im Leben.

Der Junge hatte es eine Nacht lang wild mit dieser schwarzen Sirene aus Jamaika getrieben! Hinterher stellte sich heraus, dass diese Gabrielle die Adoptivtochter von Bill und Sara war, den Besitzern der Crocodile-Bar.

Als dann diese junge Münchnerin hier aufgetaucht war und sich augenblicklich den Barkeeper unter den Nagel gerissen hatte, war das schwarze Sahneschnittchen natürlich durchgedreht. Und hatte Patrick bei Bill und Sara angeschwärzt.

Vermutlich war ihre eigene vorangegangene Vögelei mit Patrick dabei nicht zur Sprache gekommen, dafür aber umso mehr das heftige Geturtel zwischen dem »Herzensprinzessin« genannten deutschen Mädchen und dem Barkeeper.

Jedenfalls hatte Gabrielle es geschafft, vor allem ihre Adoptivmutter so fuchsteufelswild zu machen, dass sie Bill veranlasst hatte, Patrick augenblicklich vor die Tür zu setzen. Wo sie doch vorher so große Stücke auf ihn gehalten und Bill sogar überredet hatte, dem Barkeeper die Schlüssel der Bar anzuvertrauen.

Ob Sara seinerzeit womöglich ihrerseits scharf auf den wesentlich jüngeren Mann gewesen war und deshalb aus Eifersucht überreagiert hatte?

An dieser Stelle seiner Überlegungen erschien ein dreckiges Grinsen in Rons faltigen Gesichtszügen.

Ja, so musste es gewesen sein, so waren sie, die Frauen: geile Weibsbilder mit triefenden Muschis, sobald sie einen kräftigen Kerl auch nur von Weitem zu Gesicht bekamen. Dann war sofort Schluss mit damenhaftem

Benehmen, dann regierte nur noch die Geilheit, das Jucken in der Muschi …

Gleichzeitig spürte Ron, wie ihm von dem kleinen Kopf-Pornofilm gerade mächtig heiß wurde. Schweiß trat ihm auf die Stirn, und es war nicht das Einzige, was sich regte.

Verstohlen blickte er an sich hinunter, weil er besorgt spürte, wie sich da in der Hose einer regte, der dies noch erstaunlich oft tat – in diesen Tagen sogar wieder verstärkt, der Teufel wusste, warum!

Es war schon eine rechte Plage für einen Kerl, der einst ein Draufgänger gewesen war und jetzt langsam einschrumpelte wie eine Dörrpflaume, zumindest im Gesicht. Während der verdammte Johnny in der Hose immer noch sein Eigenleben führte wie eh und je!

Bloß zum Zuge kam er immer seltener: Die Frauen sahen halt die Dörrpflaume weiter oben und zogen dann wohl so ihre Schlüsse.

Dabei war das ungerecht, und er, Ron, hätte ihnen das Gegenteil beweisen können. Wenn sie ihn nur gelassen hätten, was meistens nicht der Fall war.

Und falls doch, dann war die Frau garantiert mindestens fünf Jahre älter als er selbst und hatte so überreife Melonen, dass sie ihr glatt vor dem Schienbein baumelten.

Trotzdem hätte er sie auch zukünftig nicht von der Bettkante gestoßen. Denn neben dem steifen Lümmel besaß er auch ein weiches Herz.

Und wie heißt es doch im Volksmund: In der Not frisst der Teufel Fliegen

Ron konnte dieses Sprichwort voll bestätigen. Ja, wenn er wenigstens vermögend gewesen wäre!

Geld half immer und überall im Leben, so auch hier.

Dann hätte er statt der Fliegen Muscheln und Austern gespeist. Das heißt eines der knusprigen Häschen, die sich hier überall an den Sandstränden herumtrieben, für eine Nacht angeheuert. Die brauchten immer Bares für Alkohol oder Drogen. Oder für den arbeitsfreien Alltag in der Sonne und unter Palmen.

Da er nun aber kein Geld hatte, musste er sich jede Nacht mit eigener Handarbeit begnügen. Zur bloßen Triebabfuhr reichte es allemal, aber der Mensch hatte eben leider noch andere, weiter reichende Bedürfnisse.

So eine feuchte Muschi auf dem Johnny tanzen zu haben, das war schon ein unvergleichliches Gefühl. Nichts auf der Welt konnte da mithalten, dafür würden die meisten Männer glatt einen Mord begehen. Bumsen war so wichtig wie Essen und Trinken, daran war nicht zu rütteln.

Wenn der Kerl nicht mehr richtig funktionieren wollte, konnte das keiner lange aushalten. Da rannte dann jeder zum Doktor oder in die Apotheke.

Mit viel Glück im Unglück tat es auch die nächstbeste Nutte, manchmal lag es ja bloß an der langweiligen Hausmannskost, die einem daheim geboten wurde.

Obwohl – Ron kratzte sich an dieser Stelle seiner Überlegungen nachdenklich am Kopf – auch Letztere ihre Reize und auch durchaus Vorzüge besaß!

Er selbst hätte momentan weiß Gott was darum gegeben, in seinem bescheidenen, aber netten Holzhaus eine Frau sitzen zu haben, die geduldig auf ihn wartete.

Mochte sie auch schon älter sein und graue Haare haben und ihn anzetern, weil er bei der Heimkehr nach Alkohol stank, aber vögeln würde sie sich ja doch lassen, hin und wieder jedenfalls. Und nur darauf kam es an, vor allem, wenn einen der Steife in der Hose verrückt machte, wie der seine ihn eben in diesem Moment …

»Die Anreise war himmlisch!«, sagte Noella im selben Augenblick in neckischem Tonfall zu Patrick, der seinerseits wissend dazu grinste.

»Und du weißt das auch ganz genau, du frecher Kerl!« Mit diesen Worten beugte sie sich vor – Ron konnte einen Blick in ihren Ausschnitt erhaschen, ihre Brüste waren herrlich, gut mittelgroß und fest wie zwei Äpfel, die Haut zart und sommerlich gebräunt, die Spalte zwischen den grandiosen Möpschen äußerst appetitanregend ausgeformt – und presste ihre feucht glänzenden und halb geöffneten Lippen auf die von Patrick.

Ron starrte und starrte, es gelang ihm beim besten Willen nicht, die Augen dezent von der innigen Kussszene abzuwenden.

Deutlich konnte er sehen, wie das bildhübsche Mädchen seine rosige Zunge ganz in den Mund des Barkeepers hineinschob – und ihm wurde noch einen Tick heißer.

Ein Königreich für eine Tarnkappe!, fuhr es Ron durch den Sinn! *Wenn ich schon selbst nicht mehr rankomme an solch junges, leckeres Gemüse, zuschau-*

en würde mir auch ein wenig helfen, wie ich gerade merke!

Er spürte seinen Johnny in der Hose vor lauter Geilheit jetzt nämlich kräftig zucken.

Verflucht, warum tust du mir das gerade jetzt an?

Gleich würde der Schuss abgehen, besser also, die Gunst der Stunde zu nutzen und ein wenig Spaß zu haben, auch wenn es ein einsamer Genuss sein würde, aber immerhin.

Ron senkte seine Schulter ab, damit Joe auf die Theke heruntersteigen konnte, was der Kakadu gerne tat, weil da so viele Gläser rumstanden, die man, wenn sie leer waren, umschmeißen oder aus denen man manchmal leckere Sache naschen konnte.

Ron schlurfte hinaus in Richtung Herrentoilette, unterwegs knöpfte er sich schon mal vorsorglich den Hosenstall auf.

In seinem Alter musste man jede kostbare Sekunde nutzen. Johnny rührte sich zwar noch erstaunlich oft, aber leider ließ sein Durchhaltevermögen zu wünschen übrig. Wenn er feuern wollte, dann tat er es, da half alles nichts, nicht einmal der Gedanke an die Hölle und die ewige Verdammnis.

Kakadu Joe trippelte unterdessen leichtfüßig auf dem glatt polierten glänzenden Tresen herum – wobei er einige Male fast auf den Schnabel fiel – zu dem immer noch knutschenden Pärchen hinüber und biss dann Noella zärtlich, aber kräftig in die linke Schulter.

1

PATRICK

Mann, die Frau kann küssen. Und ihr Geschmack und Geruch dabei bringen mich obendrein um den Verstand.

Ich weiß immer noch nicht, warum das eigentlich so ist. Beim besten Willen nicht.

Ich meine, ich habe im Laufe der letzten rund zehn Jahre dermaßen viele Frauen gehabt, dass ich irgendwann das Zählen aufgegeben habe. Es machte ohnehin keinen Sinn: Immerhin sagt die Quantität auch in diesem Bereich nichts über die Qualität aus. Irgendwie war ich immer auf Suche nach der einen, der »Herzensprinzessin«.

Im Laufe der Zeit beschlich mich dann das nicht gerade erhebende Gefühl, alle Variationen bereits zu kennen. Beim Sex sowieso, aber auch die verschiedenen *Geschmacksrichtungen*. Irgendwann wiederholt sich doch alles im Leben.

Nicht, dass ich es mir nicht immer noch gewünscht hätte – genau dieses, was mir eben jetzt mit der Herzensprinzessin zustößt!

Nächtelang habe ich davon geträumt, mir die wildesten Fantasiebilder entworfen, diese dann am nächsten Morgen sogar meinem Episoden-Tagebuch anvertraut. Aber so richtig daran geglaubt habe ich doch nicht mehr, wenn ich ehrlich bin.

Jeder Mann hat wohl eine eigene Version seiner Traumfrau im Hinterkopf. Die ihm sogar dann noch über die Schultern schaut, wenn er ganz real und auch durchaus wild mit einer anderen herummacht. Um hinterher schließlich spöttisch zu bemerken: »Na, Sportsfreund! War wohl wieder nicht das Richtige, was? Jedenfalls nicht auf Dauer.«

Woraufhin sie sich leise lächelnd in Nebelschwaden auflöst und nur ihr betörender Duft dich noch wie von Ferne in der Nase kitzelt und du schon verrückt zu werden glaubst. Aus sehnsüchtiger Enttäuschung oder vielmehr enttäuschter Sehnsucht.

Ja, und dann schneite vor einigen Monaten – wie viele sind es jetzt eigentlich genau? – Noella in die *Crocodile-Bar* und damit in mein Leben.

Ich hab sie gleich erkannt, sie sah der Herzensprinzessin aus meinen feuchten Träumen zum Verwechseln ähnlich.

Einige Zeit später, als ich sie zum ersten Mal schmecken durfte, war ich mir dann sicher: *Sie ist es!*

Jetzt, wo ihre Zunge mich ganz hinten am Gaumen so lustvoll kitzelt, kommt mir alles wieder in den Sinn. Und ich möchte sie auf der Stelle hier und jetzt einfach gegen die nächste Wand nageln mit meinem Körper, ihr meinen Ständer zwischen die Beine schieben und weiter vorpreschen, bis ihre Muschi ihn aufnimmt mit diesem leisen feuchten Schmatzen, nach dem ich mittlerweile verrückt bin, weil ich es nur mit ihr so intensiv – hörbar und fühlbar – erlebt habe.

Die letzten Wochen der Trennung waren die reinste Hölle!

Das kommt mir erst jetzt so richtig zu Bewusstsein, wo ich ihren Geschmack endlich wieder auf der Zunge spüre.

Kein Wunder, dass ich schon halb durchgedreht war, als endlich ihre E-Mail eintraf mit der Botschaft: *Ich komme, das Ticket ist gebucht.*

Und dann kam ich auf die abgefahrene Idee mit diesem nicht gerade alltäglichen Überraschungsgeschenk zur Begrüßung … Ich hab ihr tatsächlich einen Callboy geschickt. Und natürlich Champagner.

Warum?

Tja, irgendwie frage ich mich das auch. Jetzt, wo sie mich mit ihrer Zunge hinten am Gaumenzäpfchen so neckisch kitzelt, was mich so verrückt macht, dass ich beinahe durchdrehe vor unterdrückter Lust – sie schmeckt übrigens im Moment intensiv nach Rosen-Himbeer-Champagner. Also, warum ich es getan habe?

Nun, es ist nicht einfach zu erklären, aber ich werde es trotzdem versuchen.

Ich hatte Viktor gebeten, mit seinem Handy meins anzuwählen, sobald es losging.

Falls es losging …

Ein einfacher Druck auf die Kurzwahltaste würde genügen. So könnte ich alles mithören, was passierte.

Falls etwas passierte …

Innerlich war ich aber bereits heute Morgen beim Aufwachen seltsam zerrissen.

Einerseits wünschte ich mir, sie würde von meinem großherzigen Geschenk keinen Gebrauch machen. Viktor wäre dann nichts weiter als ihr Chauffeur gewesen, der sie in meinem Auftrag abholte, weil ich arbeiten musste.

Andererseits machte mich der Gedanke daran, wie sie es auf der Fahrt hierher mit ihm trieb – und ich dabei zumindest ein Ohrenzeuge sein könnte –, total heiß.

Ich konnte kaum erwarten, dass es losging, wollte sie stöhnen und schreien hören.

Wollte hören, wie ihre Pussy vor Feuchtigkeit schmatzte, wenn er seinen Schwanz in sie schob, ihn langsam wieder herauszog, dann mit Zunge und Fingern nachhalf, um ihn schließlich erneut in Noella zu versenken.

In Zeitlupentempo – zum Mithören! Ich hatte es ihm genau eingeschärft.

Hatte ihm erzählt, darauf stünde sie besonders – was nicht einmal gelogen war. Wir konnten stundenlang *Slow Sex* miteinander haben, ohne müde oder gelangweilt zu werden.

Sie behauptete nachher immer, das wäre nur deswegen so, weil wir uns liebten, für einen bloßen One-Night-Stand wäre diese Sexvariante ungeeignet.

Ich stimmte ihr darin auch immer zu und glaube es auch noch heute, nebenbei bemerkt.

Habe ich deshalb Viktor angeheuert und entsprechend instruiert?

Weil ich sie testen wollte?

Weil ich wissen wollte, ob es wirklich stimmte, ob ihre Worte der Wahrheit – *ihrer Wahrheit* – entsprachen oder bloß im Eifer des Gefechtes so dahingesagt waren?

Wie auch immer, jedenfalls fühlte ich im Voraus einerseits eine wahnsinnige Erregung und andererseits ein fieses Gefühl, das ich eigentlich völlig ablehne und aus meinem Leben ganz verbannen will und werde: *Eifersucht!*

Während ich jetzt so vertieft darüber nachdenke, dämmert mir allmählich auch die Lösung für das Problem – und damit gleichzeitig der wahre Grund, warum ich Viktor angeheuert habe:

Ich will Noella dazu bringen, vor meinen Augen mit anderen Männern und Frauen zu schlafen. Um sie anschließend selbst zu besteigen.

Wenn ihre Muschi noch nass ist von den Säften der anderen Person, dazu geschwollen und rot wie eine aufgeplatzte überreife Pflaume, dann werde ich mich über sie beugen, ihre Lippen und ihren gesamten Körper mit meinen Küssen bedecken, schließlich ihre Möse lecken, bis sie sich windet und mich anfleht, endlich zu ihr zu kommen.

Dann erst werde ich sie selbst ficken, mich und sie um den Verstand ficken, zuerst langsam, dann immer wilder, bis wir gleichzeitig kommen.

Die Erinnerung an die Lust mit dem oder der Fremden zuvor wird nur noch ein schwaches Echo im Ge-

dächtnis meiner Herzensprinzessin sein. Nicht verstummt, nicht gänzlich verdrängt, jedoch nur noch eine undeutliche Erinnerung, ein Nichts im Vergleich zu meiner liebestollen Glut.

Damit werde ich sie erobern, sie endgültig in Besitz nehmen.

Und gleichzeitig meine eigene dumme Eifersucht in den Untergrund verbannen.

Wenn ich erst durch die grenzenlose Wut, die Eifersucht nun mal hervorruft, und den damit verbundenen Seelenschmerz hindurchgetaucht sein werde, um am anderen Ende unversehrt und mit vor Geilheit pulsierendem Schwanz wieder aufzutauchen, dann habe ich es geschafft.

Dann haben wir es geschafft!

Denn auch Noella steht dieser Lernprozess bevor. Anders geht es nicht.

Weil auch sie die Eifersucht besiegen muss, wollen wir das Abenteuer wagen und es ein lustvolles Leben lang miteinander versuchen.

Außerdem habe ich nämlich, ehrlich gestanden, auch Angst vor der Langweile, dem täglichen Einerlei, dem Alltäglichen. Im Leben, beim Sex und in der Liebe und überhaupt.

Dem gilt es vorzubeugen, neben der Eifersucht.

Auch deshalb habe ich heute Morgen Viktor zum Flughafen nach Miami geschickt, um Noella abzuholen und zu mir nach Key West zu bringen.

Sie hat mir allerdings einen Strich durch die Rechnung gemacht, für dieses Mal.

Obwohl es mich schon amüsiert hat mitzubekommen, wie der arme Viktor sich selbst einen runterholen musste, vor ihren Augen, während ihr Atem sich nicht einmal nennenswert beschleunigte, jedenfalls soweit ich es durchs Handy hören konnte.

Auch von der Fotosession zwischen ihren geöffneten Schenkeln bekam ich akustisch eher weniger mit, obwohl mich allein der Gedanke schon mächtig aufgeilte.

Na ja, das Telefon erfüllt einem naturgemäß nicht alle Sehnsüchte. Immerhin werde ich bald in den Genuss des dabei entstandenen Fotokunstwerks kommen.

Ich tröste mich außerdem damit, dass dies ja erst der Anfang war!

Bin schon sehr gespannt darauf, wie die Herzensprinzessin auf meine Ankündigung reagiert, dass wir übermorgen zusammen in See stechen werden.

Sie, Viktor und ich.

Und natürlich auch noch ein paar andere Leutchen, die ich zum größten Teil noch nicht kenne, aber das erhöht den Reiz der Sache sogar.

Eine kleine Herde schöner, reicher und gelangweilter Frauen und etwa die gleiche Anzahl Männer – vereint für einige unbeschwerte Tage auf einer weißen Luxussegelyacht namens *Yolanda.*

Nebst dem charismatischen Besitzer der Yacht, Leandro O.

Der Kapitän, einige Offiziere, weitere Besatzungsmitglieder, ein Barkeeper (ich) und ein gebuchter Luxuscallboy (Viktor). Letzterer von Leandro O. eigens angemietet, um die weiblichen Gäste bei Laune zu halten. Er *muss* nämlich, während die anderen Herren können, wollen, sollen, dürfen – jedem mag nach seiner Lust und Laune geschehen. So lautet Leandros oberstes Prinzip für seine geheiligten Segeltrips.

Die Crew – einschließlich meiner Person und Viktor – und die geladenen Gäste wissen natürlich, auf welches Abenteuer sie sich bei diesem Bootsausflug einlassen.

Die Einzige, die zumindest anfangs ahnungslos sein wird, soll meine Herzensprinzessin sein.

PS

Ich bin mir im Übrigen durchaus der Tatsache bewusst, dass ich mir gelegentlich selbst widerspreche! Und das wird wohl auch in Zukunft so bleiben, weil es zutiefst menschlich ist. Den Widersprüchen in uns selbst können wir nicht entfliehen.

Insbesondere wenn es um die zugleich delikaten und heiklen Themen geht – *Eifersucht, Liebe, Sex, Erotik*.

Die größten Widersprüche begegnen uns doch immer bei den größten Gefühlen und tiefsten Urtrieben in uns.

Wir sind ihnen oft derart hilflos ausgeliefert, dass wir auf die seltsamsten Einfälle kommen, um dieser Hilflosigkeit zu entgehen.

Wir möchten die Oberhand gewinnen, wollen die Sieger sein in diesem ungleichen Kampf, in dem wir allerdings immer – IMMER – unterliegen müssen.

Warum das so ist?

Nun, dazu habe ich meine eigene Theorie: *Wir sind nicht erschaffen worden, um zu begreifen, sondern um zu kapitulieren.*

Vor unserer eigenen Natur, unseren Ur-Instinkten.

Wir sollen lernen, uns ihnen hinzugeben, ohne falsche Ängste, ohne Scham und vor allem ohne jede Form von Heuchelei.

Erst dann werden wir auch keinem anderen Menschen mehr Schaden zufügen, weder im Namen der Liebe noch im Namen der Sexualität.

Erst dann werden wir Frieden und Erfüllung zugleich finden.

2

VIKTOR

Der heutige Nachmittag hat mich aufgewühlt!
Und das mir, der ich dachte, längst über allem zu stehen, was mit Sex und Frauen zu tun hat.

Vielleicht sollte ich besser gleich die Wahrheit sagen: *Noella hat mich aufgewühlt.*

Ich werde nicht schlau aus dieser jungen Frau: Einerseits wirkt sie noch so mädchenhaft-verspielt und unschuldig, ja fast naiv.

Andererseits scheint sie genau zu wissen, was sie will. Und sie nimmt es sich, wenn ihr danach ist.

Ich fand es unglaublich erregend, wie sie mich aus unschuldsvollen blauen und riesengroßen Augen dabei beobachtete, wie ich masturbierte. Auf ihren Befehl hin masturbierte, wohlgemerkt.

Sie war tatsächlich neugierig wie ein junges Mädchen, sie fand mich attraktiv, sie war erregt, sie ließ sich in aller Unschuld gehen.

Ich konnte das in ihren Augen und Gesichtszügen lesen, sie spiegelten Lust wider, Begehren, Ekstase, Lebensfreude, all das und noch viel mehr, dessen sie sich selbst noch gar nicht bewusst ist.

Dabei hat sie meinen Schwanz – und mich – die ganze Zeit über nicht einmal berührt!

Ich verstehe sie und auch wieder nicht, so etwas ist mir jedenfalls noch nie zuvor passiert, nicht in meinem langjährigen Nebenjob als Callboy. Aber auch in meinem Privatleben nicht, wenn ich es richtig sehe.

Auch hätte ich nicht gedacht, dass ich so viel Vergnügen dabei empfinden könnte, mich vor einer Frau zu entblößen und auf ihren Befehl hin Hand an mich selbst zu legen.

Es kam schon gelegentlich mal vor, dass eine Klientin auf diese Variante abfuhr. Und auch hinterher nichts anderes sonst wollte. Meistens Frauen, die in einer festen Bindung lebten und Scheu hatten, *wirklich* fremdzugehen.

Ich hatte – und habe – für solche und andere Fälle meine kleinen schweinischen Fantasiefilmchen parat, die ich quasi auf Knopfdruck im Kopfkino ablaufen lassen kann und die mir verlässlich dabei helfen, das volle Programm bis zum Ende abzuspulen.

Augenkontakt mit der zahlenden Dame suche ich dabei nie! Ganz im Gegenteil.

Ich konzentriere mich voll auf meine innere Bilderwelt, schon damit mir keine Panne während der *Performance* unterläuft …

Heute aber war es ganz anders.

Ich konnte den Blick nicht von Noella losreißen, wie sie so im Sand nahe am Wasser dasaß und ihrerseits meinen Schwanz anstarrte, der ihr zu Ehren den starken Max markierte.

Nicht, dass Patricks Lady die schönste Frau wäre, die ich je gesehen habe. Obwohl sie wirklich hübsch und appetitlich anzusehen ist. Aber im Allgemeinen stehe ich eher auf Blondinen mit Marilyn-Monroe-Kurven. Nun ja, jedem das seine.

Noella dagegen ist dunkel und eher zierlich gebaut, mittelgroß und mit zarten schlanken Gliedern gesegnet. Besonders ihre Handgelenke sind sehr schmal, fast zerbrechlich, die Hände wunderbar geformt und einfach schön.

Ungeheuer *erotisch,* diese Frau, anders kann ich es nicht nennen. Sie hat das gewisse Etwas. Sie erinnert mich an eine Gazelle, ja, dieses Bild trifft es.

Graziös, elegant und anmutig, scheu und zugleich selbstbewusst, stets auf der Hut und doch oder auch gerade deswegen sehr, sehr sinnlich.

Ich glaube nicht, dass ihr insbesondere Letzteres bewusst ist. Vermutlich wird sie erst jenseits der Dreißiger-Grenze überhaupt dahinterkommen, vielleicht sogar noch später.

Dieser Frauentyp neigt zum Spätzünden in Sachen Sex und Erotik. Das ist jedenfalls meine Erfahrung.

Aber wenn sie es dann eines Tages merkt und ihre ungeheure Macht erkennt, wird sie eine äußerst gefährliche Waffe sein.

Ich kann Patrick jetzt durchaus besser verstehen, dass er ausgerechnet diese Frau unbedingt haben will und dass er sich Sorgen macht. Sorgen um das, was passieren kann, wenn ihr bewusst wird, über welche Macht sie verfügt. Und sie beginnen wird, diese *Power* auch auszuleben.

Dabei dachte ich anfangs noch, mein alter Freund Patrick hätte den Verstand verloren, dass er überhaupt und dann auch noch ausgerechnet mich für diesen Job an seiner eigenen Herzensprinzessin anheuerte.

Er sagte, er müsse sich Gewissheit verschaffen über gewisse Dinge, was Noella und seine Gefühle für sie angehe. Es sei ein kleiner Test, nichts weiter, ich solle mir keine Sorgen machen, die Sache locker und heiter nehmen. Jeder von uns dreien solle und dürfe seinen Spaß dabei haben, aus freien Stücken, keiner würde zu irgendetwas gezwungen.

Nun ja, er vergaß dabei anscheinend, dass er mich für meine Dienste bereits im Voraus *bezahlt* hatte!

Klar gibt es beim Geld auch einen Spaßfaktor, kommt auf den Blickwinkel der Betrachtung an, dachte ich mir und nickte zu seinen Worten, als hätte ich begriffen. Was nicht der Fall war, jedenfalls zu jenem Zeitpunkt noch nicht.

Einen Augenblick lang hegte ich sogar den Verdacht, *ich* wäre derjenige, der eigentlich getestet werden sollte.

Patrick war es nämlich auch, der mir den Job auf der *Yolanda* verschafft hat.

Vielleicht wollte er über Noella herausfinden, ob er damit richtig gehandelt hatte, als er mich Leandro O. vorschlug. Oder ob ich ihn am Ende gar blamieren würde.

Immerhin ist Leandro O., wie man hört, ebenso anspruchsvoll wie schwerreich und zugleich dekadent. Mit anderen Worten: Er langweilt sich in seinem privilegierten Leben und sucht ständig neue Herausforderungen. Auch aus diesem Grund wird seinen Segelgästen stets nur das Beste geboten auf der schneeweißen Yacht – in jeder Hinsicht.

Señor O. liebt Superlative, nun ja.

Ich habe den Verdacht, Patrick, der das natürlich weiß, macht sich inzwischen Sorgen, weil er ausgerechnet mich empfohlen hat.

Dazu würde auch passen, dass er mich ermahnt hat, Noella keinesfalls anzumachen, sondern abzuwarten, was von ihrer Seite aus passieren würde. Mein *Honorar* könnte ich aber in jedem Falle behalten.

Dann schließlich ihre Art, mich anfangs herumzukommandieren, fast schon kaltschnäuzig und eigentlich ganz und gar nicht sexy oder erregend.

Ich war gerade dabei, einen besonders scharfen Pornostreifen in meinem Kopfkino abzurufen, als ich plötzlich ihren sich verschleiernden Blick bemerkte.

Sie bekam Lust, ich konnte es sogar *riechen*.

Diese winzige Spur von Moschus in der salzigen Meeresluft, genau, wie ich es liebe.

Nur sehr wenige Frauen sondern diesen besonderen Duft ab bei sexueller Erregung, aber wenn, dann heizt mir das mächtig ein, falls ich das Mädchen auch sonst attraktiv finde. Was nicht immer der Fall ist, wie ich betonen möchte. Dann finde ich den Geruch eher abstoßend, aber das nur nebenbei.

Es ist ihnen nicht bewusst, diesen gewissen Frauen, *dass* und *wie* sie duften, wenn sie sexuell erregt werden. Ebenso wenig die Tatsache, dass sich kurz darauf auch ihr Äußeres geheimnisvoll verändert.

Die sexuelle Erregung verschönt diese Frauen und Mädchen nämlich nochmals sichtlich, sie wirken gleichzeitig zarter und herausfordernder, wie eine gekonnte Mischung aus Elfe und Kurtisane.

Und genau das passierte vor meinen Augen mit Noella.

Dazu, wie gesagt, dieser unvergleichliche Duft, ich war augenblicklich hingerissen. Ich bin sicher, dass sie keine Spur von Parfüm oder parfümierter Bodylotion am Körper trug. Es handelte sich um ihren ganz eigenen intimsten Duft. Sie war einfach sie selbst. Und noch dazu gerade nach einem neunstündigen Transatlantikflug aus der Maschine geklettert. Ungeduscht und ungedämmt, ein ungeschliffener Rohdiamant.

O ja, ich verstehe Patrick in der Tat immer besser, während ich jetzt in der Erinnerung nochmals alle Details sozusagen aufliste.

Er liegt wohl richtig mit seiner Annahme, er müsse ihr Zeit geben für ihre eigene Entwicklung, für ihr wirkliches Erwachen in puncto Leidenschaft.

Er ist immerhin zehn Jahre älter als sie, hat also zehn Jahre Erfahrungsvorsprung, ein ganzes Lebensjahrzehnt an *erotischer Datensammlung* mehr.

Er weiß bereits genau, was er will, von einer Frau, im Bett und im Leben.

Sie muss es erst noch herausfinden: was sie will, was sie kann, was in ihr steckt. Und auch, wie viel davon sie zu schenken bereit ist.

Ich glaube, es steckt eine ganze Menge an feuriger Ur-Energie in ihr.

Wenn sie erst einmal die gazellenhafte Scheu abgelegt hat, sich ihrer selbst und ihrer Sinnlichkeit bewusst ist, kann es sein, dass sie auch das geborene Luder in sich entdeckt und anschließend lustvoll auslebt.

Patrick muss ihr diese Zeit geben. Gleichzeitig will er sie nicht verlieren, was ich, wie gesagt, verstehen kann. Als Mann und als Freund.

Ich bin ehrlich gespannt, ob den beiden gelingen wird, woran andere Paare nur allzu oft scheitern.

Nämlich Erotik und Liebe auf Dauer miteinander zu vereinen, das Feuer am Lodern zu halten, ohne dabei in der Glut der Leidenschaft zu verbrennen.

Mein Freund versucht es, das begreife ich nun in diesem Moment, wo ich noch einmal über alles nachdenke. Er kämpft aktiv gegen die Eifersucht an, er strebt sexuelle Freiheit und absolute Freizügigkeit an, für sie und für sich selbst.

Ein hartes Stück Arbeit, Sportsfreund! Und ein gewagtes Experiment zugleich.

Wenn es einen wie uns nämlich erst einmal erwischt hat, *falls* es überhaupt geschieht, dann haben wir erfahrungsgemäß durchaus ein größeres Problem zu bewältigen.

Ernsthaft, ohne Übertreibung.

Wir sind keine normalen Kerle in einem normalen Job und von normaler Attraktion für Frauen.

Wir beide kennen uns im Nachtleben aus. Wir arbeiten schließlich, wenn andere Leute frei haben und sich amüsieren wollen.

Wir sind im Grunde genommen *Entertainer.* Er hinter dem Tresen und ich davor, um es mal so auszudrücken.

So haben wir uns kennen und schließlich auch schätzen gelernt. Wir sind uns immer wieder in den verschiedensten Lokalitäten in den verschiedensten Städten begegnet. Immer fanden wir die Zeit, um uns über den Bartresen hinweg auszutauschen, über die neuesten Wendungen in unser beider Leben, unsere Ansichten über dieses und jenes. Bis hin zur großen Weltpolitik. Wir ließen tatsächlich nichts aus. Dabei lernt man einander mit der Zeit wirklich gut kennen.

Wir wissen beide Bescheid, über uns selbst, unsere Qualitäten als Lover und als Frauenverführer, wir kennen aber auch die Fallstricke und Fußangeln, die auf dem Gebiet der Erotik lauern.

Die Damenwelt hat es uns immer leicht gemacht, eigentlich sogar viel zu leicht, wenn ich ehrlich bin.

Wir brauchten nicht zu jagen oder Fallen zu stellen, wir wurden gejagt, und uns wurden Fallen gestellt.

Manchmal war ich davon dermaßen gelangweilt, dass ich tatsächlich eine Zeit lang als Pornodarsteller in einschlägigen Filmstudios gearbeitet habe.

Ich empfand es als anregende Abwechslung und Herausforderung, auf Kommando, vor laufenden Kameras und vor der Studio-Crew eine stattliche Erektion zu bekommen, zu halten und meinen Schaft in Großaufnahme in eine klaffende rasierte Muschi zu versenken.

Die Kollegin, die ich vögelte, war zwar eine Frau, aber vor allem auch *Arbeitskollegin.*

Ich wusste, sie war nicht einmal scharf auf mich.

Okay, sie mochte Sex, war nicht im Geringsten prüde, aber ansonsten machte sie den Job hauptsächlich des Geldes wegen.

Und das wiederum machte mich spitz, weil es mich herausforderte.

Wenn sie nicht nur auf kühl machen, sondern auch tatsächlich kaltschnäuzig sind, dann lohnt sich die Verführung in meinen Augen nämlich erst wirklich.

Ich legte mich daher auch mächtig ins Zeug, damit sie wirklich und wahrhaftig vor laufender Kamera zum Höhepunkt kam und nicht nur so tat als ob.

Nicht, dass das für die Zuschauer später einen großen Unterschied gemacht hätte, aber die waren mir ohnehin völlig egal.

Nein, es machte für *mich* einen Unterschied, und nur darauf kam es mir an.

Ich legte von Anfang an meinen ganzen erotischen Ehrgeiz in den Sport, meine Filmpartnerinnen zu verführen. Sie sollten möglichst allesamt wirklich keuchen und wirklich schreien, weil sie wirklich kamen.

Ich merkte dabei, wie gerne ich den gewieften Verführer gab und es genoss wie selten etwas anderes beim Sex, wenn ich tatsächlich ans Ziel gelangte. Die Stellung war mir dabei völlig egal. Regie- und Stellungswechsel-Anweisungen überließ ich gerne dem Regisseur.

Und die Kamera lief dabei immer mit …

Im Privatleben, in meiner »arbeitsfreien« Zeit, hatte ich nicht mehr das geringste Interesse an meinen »Kolleginnen«.

Ebenso wenig habe ich übrigens jemals ein privates

Interesse an einer meiner Privatklientinnen entwickelt, die mich für gute Gage einige Stunden oder auch eine ganze Nacht lang buchten.

In meiner Freizeit widmete ich mich voll und ganz der Kunst: erotische Malerei und Fotografie.

Alles, was mir im wahren Leben fehlte, das fand und finde ich in meiner Kunst.

Bin ich ein *Erotomane*, ein verkappter *Exhibitionist* vielleicht noch dazu?

Ich weiß es nicht – und ehrlich gesagt, ist es mir auch egal. Ich bin, was ich bin und wie ich bin.

3

NOELLA

Ich kann es nicht fassen: Ich bin wieder hier, an derselben Stelle, wo vor Wochen alles seinen Anfang genommen hat.

Doch dieses Mal sind die Karten neu gemischt und anders verteilt, dieses Mal bin ich am Zug!

Grrrr, ich liebe es, meine Zunge tief in seinen Hals zu schlängeln, ihn dabei zu lecken und zu reizen und zu schmecken.

Gleichzeitig wird mir bewusst, wie sehr ich ihn vermisst habe, meinen schnuckeligen Barkeeper.

Ich kann allerdings immer noch nicht fassen, was er mir da als Begrüßungsgeschenk zum Flughafen geschickt hat.

Einen Callboy – hast du Töne!

Er hat meine erotischen Wunschträume in E-Mail-Form, als schmutzige kleine Beichten schriftlich fixiert, also tatsächlich für bare Münze genommen.

Ich möchte fast wetten, er hat alle meine E-Mails archiviert und vermutlich immer und immer wieder gelesen.

Das habe ich jetzt davon: Weil ich in vor Sehnsucht

schlaflosen Nächten schließlich aufgestanden und an den Computer geschlichen bin ... dabei schreibt man sich schon mal gerne die verwegensten und verborgensten Sehnsüchte von der Seele, ist doch klar!

Und eine E-Mail schickt sich ja auch so verdammt schnell und leicht ab, und – schwupps – landet sie auch schon beim Empfänger, auf der anderen Seite des Globus.

Bei einem altmodischen Brief hat man stets die Möglichkeit der Nachbesserung oder Streichung, bis hin zur gänzlichen Vernichtung mit anschließender Neufassung. Erst am anderen Morgen steckt man das beschriebene Blatt Papier in den adressierten Umschlag, trägt ihn anschließend zur Post und schickt ihn erst dann endgültig los.

Erst am anderen Morgen, wenn im hellen Sonnenlicht die Dinge wieder in ihrer angestammten Position erscheinen, die Begierden der Nacht sich beruhigt oder verflüchtigt haben, das Gehirn wieder normal, sprich ohne die Verwirrung stiftende erhöhte Hormonzufuhr funktioniert.

Aber eigentlich stelle ich gerade fest: Es macht verdammt viel Spaß, seine Sehnsüchte zu gestehen und dann auch noch prompt erfüllt zu bekommen.

Viktor ist ein echtes Sahnestück.

Und dass Patrick ihn für mich ausgesucht und angeheuert hat, macht mich erst recht an.

Außerdem dämmert mir soeben noch etwas – ein Verdacht: Ich habe bisher viel zu kopfgesteuert gelebt!

Vor lauter Studium und Abschlussarbeit habe ich es

versäumt, mein Leben wirklich zu genießen. Von der kurzen Ferienzeit mit Patrick neulich abgesehen.

Und selbst da war ich noch eindeutig kopfgesteuert.

Hat Patrick mir deshalb den schönen Viktor geschickt?

Als Aufwärmübung sozusagen?

Es hat mir Spaß gemacht, den attraktiven Kerl wie mein willenloses Spielzeug zu behandeln.

Ich die Herrin, er der Sklave, der meinen Befehlen gehorchen muss!

Fast konnte und wollte ich meinen Augen zuerst nicht trauen, als es tatsächlich auch noch funktionierte. Er bekam einen prächtigen Ständer, bevor er sich auch nur einmal angefasst hatte. Und ich verging fast vor Lust, während ich ihn ungeniert beobachtete. Ich konnte spüren, wie meine Säfte flossen und den Sand unter mir benetzten. Da war dieses Ziehen in meinem Becken, das Pochen in meiner Muschi.

Rein sexuelle Gefühle, hocherotisch noch dazu, aber mit Verliebtheit oder gar Liebe hatten sie nichts zu tun, da bin ich sicher.

Es war eine völlig neue Erfahrung für mich.

Ich wusste gar nicht, dass sich diese Seite auch in mir verborgen hält.

Oder eigentlich sind es sogar zwei Seiten: die Lust am Befehlen und die Lust am Beobachten.

Und dann die Fähigkeit, zwischen Sex/Erotik einerseits und Liebe andererseits klar zu unterscheiden. Jedenfalls bilde ich mir das gerne ein.

Immerhin war da auch dieser minutenlange schwebende Zustand, in dem ich so etwas wie *Ekstase* zu spüren glaubte. Allerdings bin ich mir in dem Punkt nicht mehr sicher, wer weiß schon ganz genau, wie EKSTASE sich wirklich anfühlt?

Ich habe jedenfalls noch kein Buch, keinen Roman gefunden, der diesen Zustand wirklich nachvollziehbar und aussagekräftig genug zu beschreiben wusste.

Vielleicht habe ich mir heute Nachmittag das auch nur eingebildet und mein Gehirn hat ein Wort dazu gesucht und schließlich im abgespeicherten Archiv auch gefunden. Ekstase.

Sehr interessant jedenfalls.

Ich habe übrigens bemerkt, wie sehr Viktor unser kleines Spielchen von Befehl und Gehorsam plötzlich ebenfalls angemacht hat.

Er wurde richtig heiß. Ich gefiel ihm, meine Art, ihn zu behandeln, heizte ihm mächtig ein. Und das wiederum gefiel mir, außerordentlich sogar.

Ich habe dabei wieder einmal festgestellt: Ich liebe es, gut aussehende Männer verrückt zu machen!

Dabei will ich mit ihnen nicht einmal unbedingt wirklich zur Sache schreiten, wie ja auch in Viktors Fall.

Insbesondere, wenn da jemand wie Patrick im Hintergrund auf mich wartet.

Ich genieße es ganz einfach, dieses ungeheure Machtgefühl, das mich überkommt, wenn ich die aufkeimende Gier und die Lust in den Augen der Männer sehe.

Und gleichzeitig weiß, ich habe sie damit in der Hand, ihre Gier und ihre Lust gelten und gehören mir, mir ganz allein.

Selbst heute Nachmittag am Meer gab ich mich damit zufrieden, obwohl der Tisch sozusagen gedeckt war.

Ich habe mir Appetit geholt, mächtig sogar, aber nicht gegessen.

Dabei hat Viktor neben einem wunderbaren Körper auch noch ein wahres Prachtstück von einem Schwanz vorzuweisen.

Und auch sonst reichlichst Vorzüge.

Der Mann ist intelligent, sympathisch und locker, dazu gut gebaut und top gepflegt, weiß sich zu benehmen und riecht auch noch gut.

Unwiderstehlich eigentlich.

Trotzdem habe ich mich beherrscht, ich habe ihn noch nicht einmal angefasst, was ich jetzt eigentlich schon gar nicht mehr fassen kann.

Warum habe ich nicht wenigstens kurz mal *hingelangt*? Immerhin hatte Patrick den vollen Preis bezahlt, die kleine Kostprobe stand mir also durchaus zu.

Mal gefühlt, geschmeckt, geleckt ... Viktor war deswegen auch offensichtlich ziemlich irritiert, was mich wiederum gefreut hat. Vielleicht habe ich es gerade deshalb nicht gemacht?

Es gibt ja immer mehrere Motive für gewisse Entscheidungen in unwiederbringlichen Situationen.

Dafür kam sein frecher Kuss, als er mir hinterher die Wagentür aufhielt, umso überraschender.

Ich muss gestehen, ich war hocherfreut, dass er sich dazu hat hinreißen lassen, es war ein prickelnder erotischer Moment. Man hat ihm angemerkt, dass es nicht geplant gewesen war, es *passierte* ihm einfach.

Ich passierte ihm einfach. Als hätten wir uns irgendwo »normal«, vielleicht auf einer Party, kennen gelernt.

Wäre ich nicht so sehr darauf gepolt gewesen, in Kürze Patrick, meinem Sunnyboy von Gottes Gnaden, endlich wieder gegenüberzustehen, ich hätte in diesem Augenblick tatsächlich schwach werden können.

Immerhin ist der Job eines Callboys ziemlich klar umrissen, im Grunde habe ich ihn an der vollen Ausübung seines Berufs gehindert, den armen Kerl.

Ob man die »nicht erbrachte volle Leistung« auch nachträglich noch einfordern kann?

4

PATRICK

Ich habe eine Höllenangst, jeden Moment einfach zu explodieren, und versuche an etwas Schlimmes, Abstoßendes oder wenigstens an einen kräftigen Guss kaltes Wasser zu denken … aber wie um Himmels willen soll einem bei dieser süßen Qual so etwas gelingen, wenn man vor Lust und Geilheit schier platzt?

Dabei liegt die Herzensprinzessin momentan völlig ruhig unter mir. Ich bedecke sie mit meinem ganzen Körper, unsere Haut fühlt sich feucht an von Schweiß.

Ich weiß längst nicht mehr, wo mein Körper aufhört und ihrer beginnt, ich fühle mich total mit ihr verschmolzen. Und ich wünschte, dieser Zustand würde nie mehr aufhören.

Mein Herz hämmert wild, ich taumele in eine Art Lustschwindel hinein, atme unkontrolliert und zu schnell und weiß, ich will nicht, dass es jetzt bereits vorbei ist, ich will das Gefühl von rasender Geilheit und gleichzeitiger tiefster Intimität auskosten bis zum absoluten Gehtnichtmehr.

Unsere Geschlechtsorgane pulsieren, mein Schwanz

vielleicht eine Idee heftiger noch als ihre Möse, aber sicher bin ich mir dessen nicht.

Wie auch, ich bin ja nicht wirklich eins mit ihrem Körper, ich bin immer noch Patrick, der sich jetzt bald nicht mehr bremsen kann.

Ich fühle es deutlich nahen, das orgastische Ende: Wenn ich gleich unaufhaltsam in sie abspritze, dann nimmt mein gesamter Organismus an dem Erlebnis teil.

Bis hinunter in die letzte Zehenspitze werde ich das gigantische Ereignis spüren. Als ob meine sämtlichen Nervenenden bloßlägen. Was ja im Grunde genommen auch der Fall ist.

Zusammen mit meinem Schwanz wird auch irgendetwas in meinem Schädel explodieren. Ich kann mich noch gut an das erste Mal erinnern, als genau dies passierte – und zwar in unserer letzten gemeinsamen Nacht vor der langen Trennung.

Damals, auf den Bahamas, war ich seelisch durch den Wind. Ich denke, es hatte mit meiner Ratlosigkeit gegenüber der damals unabänderlichen Tatsache zu tun, dass Noella zurück nach München ging, und ich wusste nicht, ob ich sie jemals wiedersehen würde.

Außerdem war ich noch aus einem anderen Grund down, weil ich mir nämlich – aus purer Eifersucht – diesen unseligen Übergriff auf den armen, unschuldigen Vincent erlaubt hatte.

Und das mir, der ich doch geglaubt hatte, über solch niedrigen Anwandlungen zu stehen!

Ich weiß, dass es in Frauenkreisen heißt, wir Männer

wären beim Sex drauf wie die Hunde oder ein anderes Tier: einfach drauflosrammeln, nur die eigene Lust im Hinterkopf, unbeeinflusst von störenden seelischen Befindlichkeiten – und eine ganze Zeit lang habe ich mein Sexualleben tatsächlich in dieser Weise praktiziert.

In jener letzten Nacht mit Noella auf den Bahamas allerdings wurde mir klar, dass von jetzt ab alles endgültig anders sein würde.

Es hatte mich erwischt, volle Breitseite – und ich nahm alles intensiver wahr als jemals zuvor: Geruch, Geschmack, das Fühlen, Tasten, Lecken, die Lust selbst.

Und die Eifersucht auch, obwohl ich sofort dagegen anzukämpfen begann – na ja, *nachdem* ich Vincent kräftig eine aufs Auge gedrückt hatte.

Natürlich war Noella wegen des Vorfalls sauer auf mich gewesen, allerdings nicht lange, dann fanden wir uns zum gierigen Versöhnungsfick in der Kiste wieder.

Und wenige Minuten später passierte es dann auch schon: Mein Schwanz puckerte plötzlich wie wild, schließlich explodierte er, jagte die volle heiße Ladung Sperma in ihr klatschnasses Delta.

Und diese seltsame Blase in meinem Schädel platzte ebenfalls!

Und auch das erlebte ich als Lustgefühl, es war unglaublich.

Mein Nacken kribbelte davon, meine Kopfhaut, die Augenbrauen, die Lippen, die Brustwarzen, einfach alles. Bis hinunter in die große Zehe, wie gesagt.

Bei Noella passierte das Gleiche, sie hat es mir nach einigen Minuten Verschnauf- und Kuschelpause leise ins Ohr geflüstert: *Darling, mir ist es gerade in derselben Sekunde gekommen wie dir, da unten in der Möse und – glaub es oder nicht – auch in meinem Kopf!*

»Wie hat sich das angefühlt? Bitte versuche es zu beschreiben«, forderte ich sie heiser vor wiedererwachter Erregung auf und lutschte anschließend abwechselnd an ihren Brustknospen, die nicht mehr hart waren, sondern nur sehr groß und sehr dunkelrot wirkten, sehr sexy und hochempfindlich zugleich.

Sie schrie auch prompt kurz und heftig vor Schmerz auf, aber fast gleichzeitig verwandelte sich zuerst die eine Knospe in eine Perle, hart und erregend, direkt zwischen meinen Lippen.

Anschließend passierte das Gleiche mit der anderen Brustknospe.

»Da war ein ... Ding in meinem ... Kopf, ungefähr so ... wie eine ... eine schillernde Seifenblase«, raunte Noella und seufzte immer wieder lustvoll zwischen den einzelnen Worten. Während ich hingebungsvoll und durstig wie ein Säugling an ihrer linken Knospenperle sog – sie schien dabei tatsächlich eine Art Flüssigkeit abzusondern, die ich voller Freude mit der Zunge von der harten Spitze ableckte.

»Es kribbelte zum Wahnsinnigwerden unter meiner Schädeldecke, als das schillernde Ding platzte. Es war schön und seltsam und irgendwie beängstigend obendrein, und außerdem konnte ich lauter kunterbunte Sterne aufflammen sehen in dem Moment ... Ach, du lieber Himmel, es war und ist eigentlich unbeschreiblich! Du musst mich ja für verrückt halten.«

»Tu ich nicht!«, widersprach ich sofort. »Beschreib weiter, Prinzessin, was passierte noch? Hast du es bis hinunter in deine Muschi gespürt?«

Ich nahm wieder ihren linken Brustnippel in den Mund und saugte wirklich hart daran, was ihr ein erneutes Stöhnen, halb Schmerz, halb Lust, entlockte.

Trotzdem fuhr sie fort: »In der Muschi, oh ja, und wie! Außerdem jagte das geile Kribbeln von da oben blitzartig durch meinen ganzen Körper. Bis in die kleine Zehe hinein, kannst du dir das vorstellen? Ich glaube, man nennt das einen *Ganzkörper-Orgasmus.* Hätte aber nie geglaubt, dass es ihn tatsächlich gibt. Ich bekam eine Gänsehaut davon, hast du das denn nicht bemerkt, Sunnyboy?«

Ich bejahte damals ihre Frage rasch, damit sie Ruhe gab, aber in Wirklichkeit hatte ich die Gänsehaut nicht bemerkt, ich war viel zu sehr damit beschäftigt gewesen, die Massage voll auszukosten, die ihre Muskeln da drinnen meinem vor Freude zuckenden Schweif bescherten.

Sie molk mich während dieser Übung regelrecht leer, bis auf den letzten kostbaren Tropfen.

Ein *Ganzkörper-Orgasmus* also …

Ich weiß jetzt schon, das wird auch heute wieder so passieren, bald schon, wie ich befürchte, obwohl ich mich wirklich bemühe, es hinauszuzögern und an etwas Abtörnendes zu denken.

Das Kopfkino springt zwar jetzt an, was ich jedoch

sehe, ist Folgendes: Viktor, wie er da mit voll erigiertem Schwanz zwischen Noellas weit gespreizten Schenkeln kauert, sein Gesicht nähert sich ihrer klaffenden Möse, die wie eine pralle, obszön rote und voll erblühte Rose samtig schimmert.

Tief atmet er ihren moschusartigen Geruch ein, seine Nasenspitze streift dabei immer wieder die Klitoris, die sich unter der Berührung zusehends aufrichtet und steif wird wie ein Männerschwanz im Bonsai-Format …

Sein heißer Atem scheint das Vögelchen zusätzlich zu stimulieren, es erbebt, auch das kann ich sehen.

An dieser Stelle im Film muss ich mich jetzt einige Sekunden lang völlig still verhalten auf und in Noella, die kleinste Bewegung würde mich unweigerlich abspritzen lassen.

Sie spürt meine lustvolle Not, ich weiß es, und auch, dass sie sich bemüht, ganz entspannt und locker unter mir zu bleiben, damit nicht etwa ihre Möse zu zucken beginnt und mich dadurch mitreißt in den Strudel. Es braucht jetzt nämlich wirklich nicht mehr viel, und es zerreißt mich ganz einfach!

Da fällt mir zum Glück etwas anderes ein: *Ich muss ihr, sobald das hier vorüber ist, also noch im Bett, sagen, dass sie gar nicht erst auszupacken braucht! Morgen früh geht es im Morgengrauen gleich an Bord der* Yolanda. *Ich muss sie im Groben darauf vorbereiten, was uns dort erwartet, ohne ihr zu viel zu verraten.*

Dieser Gedanke hat mich jetzt tatsächlich ein wenig abgelenkt, die Lust ist zwar unverändert da und auch stark, aber ich glaube, ich kann es jetzt riskieren und

Noella noch ein wenig mehr und vor allem härter stoßen, wie sie es zum Ende hin gerne mag ...

»*Sunny*!«, keucht sie in diesem Augenblick und bäumt sich unter mir auf.

Ich spüre ihre Muskeln da drinnen, die sich zusammenzuziehen beginnen – und dann ist alles zu spät, meine Hoden scheinen sich zuerst einzufalten und anschließend schlagartig zu expandieren wie der Erdboden während eines schweren Erdbebens.

Oh mein Gott, ich komme, Baby!!!

Tief unten aus dem Beckenbereich bricht die Lust mit Macht hervor. Ich schreie!

Noella schreit ebenfalls, ich spüre ihren Höhepunkt fast wie meinen eigenen, aber vielleicht kommt es auch nur daher, dass es gleichzeitig passiert – nein, bei ihr beginnt es immer etwa zwei Sekunden früher und dauert dafür länger.

Ich gönne ihr diese längere Ausdauer nicht nur von Herzen, sondern freue mich auch noch darüber, weil es ja schließlich mein Zauberstab ist, der sie mit seiner Magie bis hierher gebracht hat!

Ja, Schätzchen, schrei, schrei so laut, dass alle anderen Motelgäste uns hören und neidisch werden ...

Als wir wieder etwas zu Atem gekommen sind, sage ich: »Und jetzt zur Überraschung Nummer zwei des heutigen, ereignisreichen Tages ...«

5

NOELLA

Ich kann es noch gar nicht richtig fassen: Wir sind tatsächlich an Bord dieses traumhaften schwimmenden Hotels namens *Yolanda!*

Natürlich waren mir Leandro O. und seine Luxusyacht schon vorher ein Begriff. Ich lese schließlich regelmäßig verschiedene in- und ausländische Personality- und Lifestyle-Magazine. Immerhin will ich in Zukunft für diese Sorte Blätter schreiben.

Kontakte zu einschlägigen Redaktionen hatte ich noch während der letzten Studientage in München hergestellt, auch einige Quasizusagen erhalten: Ich solle am besten mal Artikelvorschläge einreichen für eine der nächsten Redaktionskonferenzen. Dann würde man weitersehen und mich gegebenenfalls benachrichtigen.

Ein Blatt bat sogar um eine Kopie meiner Abschlussarbeit.

Na bitte – und jetzt befinde ich mich prompt an Bord einer momentan zumindest recht bekannten privaten Segelyacht.

Also, da lässt sich auf alle Fälle was draus machen, Titel, Aufhänger, Schlagzeile sehe ich schon fett gedruckt vor meinem inneren Auge prangen.

Patrick ist mit dieser zweiten Überraschung für mich ein echter Coup geglückt!

Der Sunnyboy hat's drauf, das muss ich sagen. Erst ein Luxuscallboy zur Begrüßung, und dann auch noch eine Luxusreise.

Der Mann weiß, was Frauen wünschen … Wo das wohl noch alles enden wird?

Gleichzeitig versteht er es, aus sich und seinem Beruf das Beste herauszuholen.

Barkeeper an Bord der Yolanda. Bedient die schönen und vor allem reichen Gäste des fast schon legendären Leandro O.

Viktor ist ebenfalls mit von der Partie.

Das hat mich zunächst überrascht, aber jetzt, nachdem wir der Reihe nach den allesamt bereits anwesenden weiblichen Gästen vorgestellt worden sind – die Männer lassen noch auf sich warten, wahrscheinlich hängen sie im Hafen in einer der Bars fest –, beginne ich zu verstehen: Unser Gastgeber will vor allem diesen Damen etwas Besonderes bieten!

Da darf es dann schon mal etwas mehr sein: *ein Callboy der Luxussonderklasse gefällig, gnädige Frau? Bitte sehr, bedienen Sie sich nur! Eintritt ist selbstverständlich frei für Sie, Gnädigste …*

Ja, ja, ich weiß: Ich bin vorlaut, böse und gehässig.

Aber mal ehrlich und Spaß beiseite: Die Damen, deren Namen ich noch nicht alle behalten habe vor lauter Aufregung, sehen allesamt zwar attraktiv, aber leider auch etwas verkniffen um die Mundwinkel herum aus. Warum auch immer, ich erlaube mir hier zumindest noch kein weiter reichendes Urteil, vielleicht sind ja alle bloß gestresst.

Zu viel Geld, zu viele Charity-Veranstaltungen, zu viel Gehabe rund um den äußeren Schein: Das alles zerrt naturgemäß an den Nerven.

Und wo bleibt das Vergnügen? – Dafür sorgen von Zeit zu Zeit gleichgesinnte Freunde, wie etwa unser Yachtbesitzer.

Eine schwimmende Insel, wie die *Yolanda* eine ist, schützt vor allem Möglichen, auch vor allzu aufdringlichen Paparazzi. Oder Privatdetektive im Auftrag von Ehemännern oder Liebhabern. In Amerika ist die Beschattung des oder der Liebsten übrigens längst ein gesellschaftsfähiges Spiel. Schließlich will man wissen, woran man ist, wenn man schon seine Herzensangelegenheiten zumindest für eine gewisse Zeit in die Hände eines Partners legt.

Was jedoch die nächsten Tage draußen auf hoher See passiert, bekommt nur der allerengste und sorgfältig von Leandro O. ausgewählte kleine Kreis an Bord mit.

Einige Tage Ausspannen pur also, loslassen, Energie tanken, Vergnügen bis zum Abwinken: Der Gastgeber und seine Großzügigkeit machen es möglich.

Man wird sich revanchieren bei Gelegenheit, keine Frage. Eine Hand wäscht die andere in diesen Kreisen.

Die Idee mit dem Callboy allerdings ist nicht so leicht

zu toppen, meine Damen, das müssen Sie Leandro O. irgendwann mal doppelt gutschreiben!

An dieser Stelle meiner Überlegungen muss ich unwillkürlich kichern, ich gestehe es: Wenn die Herrschaften wüssten ...

Trotz aller Vorsichtsmaßnahmen befindet sich eine Spionin unter Ihnen, meine sehr verehrten Damen und Herren.

Darf ich mich vorstellen?

Mein Name ist Noella.

Ich bin die Freundin des Barkeepers an Bord, seinen Namen kennen Sie ja: Patrick.

Ich habe eben mein Studium abgeschlossen und befinde mich offiziell in der Erholungsphase danach.

Es ist ungeheuer großzügig von Señor O., Patrick zu gestatten, mich für diesen Segeltrip der Sonderklasse mit an Bord zu nehmen. Als nichtzahlende Begleitperson. Für den kleinen Hilfsjob hinter der Theke werde ich darüber hinaus fast schon fürstlich entlohnt werden. Der Job wurde eigens für mich kreiert.

Sobald ich ihm vorgestellt worden bin, werde ich mich bei Mister O. auch ganz, ganz artig bedanken.

Sonst gibt es nicht viel über meine Person zu berichten. Ich bin leider nicht so reich wie Sie alle hier, dafür bin ich aber schön – nach Patricks Ansicht.

Wie ich die Bemerkung eben mit der »Spionin« gemeint habe?

Vergessen Sie es, war nur ein kleiner Scherz.

Wir sehen uns später alle an der Bar wieder, zum Begrüßungscocktail!

Dabei lerne ich dann endlich auch Leandro O. persönlich kennen. Ich bin ja so gespannt.

Vielleicht sollte ich jetzt zuerst einmal einige Daten über die *Yolanda* sammeln.

Ich werde das Infomaterial für meinen geplanten Artikel benötigen, also vollbringe ich die unvermeidliche Fleißarbeit am besten gleich zu Beginn.

Eigentlich ist die Yacht relativ klein, gemessen an Luxusmaßstäben, das hat mir Patrick bereits erklärt.

Sie bietet Platz für maximal vierzig Besatzungsmitglieder und rund zwanzig Gäste.

Nun ja, »klein« ist eben relativ.

Dafür verfügt die *Yolanda* aber über einige Details, welche die Segelyacht tatsächlich unvergleichlich – und unwiderstehlich – machen: beispielsweise einen Pool, dessen Boden aus lauter kostbaren Mosaiksteinchen besteht.

Was alleine noch nichts so Besonderes wäre, außer natürlich, dass es teuer war. Und immerhin sieht es wunderschön aus.

Aber das wirklich Besondere kommt noch: Man kann diesen Poolboden anheben, dann wird er zur Tanzfläche.

Die Bar ist ebenfalls ein Hammer, schon rein optisch. Sie ist ebenfalls mit diesen funkelnden Mosaiksteinchen verziert.

Die Auswahl an Getränken lässt keinerlei Wünsche offen, das hat mir Patrick mit leuchtenden Augen versichert.

Aber das Tollste für mich sind die superbequemen Barhocker aus feinstem Leder!

Bei ihrem ersten Anblick strich ich fast feierlich mit der Hand darüber und konnte dann nicht anders, ich musste das Material einer weiteren Prüfung unterziehen.

Also kletterte ich auf einen der Hocker – und hatte fast sofort eine feuchte kleine Fantasie bei diesem unvergleichlichen Sitzgefühl: nämlich eines schönen Abends im superkurzen Minihängerchen und ohne Slip darunter darauf Platz zu nehmen …

Aber weiter im Text: Es gibt zwei große, wunderschön möblierte Räume, jeweils als »Salon« bezeichnet, wo die Gäste sich zwanglos aufhalten können.

Ein Billardzimmer, eine holzgetäfelte Bibliothek, ein so genanntes Spielzimmer und dann natürlich die Luxuskabinen für die geladenen Gäste.

In die Kabine des Kapitäns haben Patrick und ich vorhin einen mehr als dreisten Blick geworfen. Wir haben uns heimlich hineingeschlichen.

Der Mann war mitsamt Gepäck noch nicht an Bord gekommen und die Kabine deswegen nicht abgesperrt, also beschlossen wir, es zu riskieren.

Tja, der Gute hat einen eigenen Whirlpool im riesigen und noch dazu von oben bis unten verspiegelten Badezimmer!

Wir brauchten uns nur anzusehen, mein Sunnyboy und ich – und mir schwante, dass wir gerade an ein und dasselbe dachten: *Es wäre nett, jetzt auf der Stelle hier drinnen zur Sache zu schreiten. Im Whirlpool.*

Leider hörten wir dann aber an Deck Schritte näher kommen, also ließen wir es bleiben.

Beim Hinausschlüpfen fragte ich mich noch halblaut, ob der Kapitän wohl die Dame seines Herzens an Bord mitbringen würde, aber das wusste Patrick auch nicht.

Nun, wir werden diese und andere Details ja bald herausfinden. Sollte der arme Kapitän aber ein Solo hier geben, dann hat er als Trost zumindest einen wunderschönen Whirlpool im Badezimmer.

Vielleicht lässt sich in dem Fall auch eine der anderen Damen bitten. Bei dem bloßen Gedanken muss ich mal wieder kichern.

Verglichen mit diesem Luxus ist unsere gemeinsame Kabine eher spartanisch, aber die gehört auch zum Typus »Crew Cabin«, Mannschaftskabine. Trotzdem ist sie geräumig, hell und einladend möbliert, verfügt über Satelliten-TV, Video und Internetanschluss.

Zurück an Deck treffen wir auf Viktor, der sich über die Reling beugt und gedankenverloren ins Wasser unter dem Kiel starrt.

Als er uns kommen hört, hebt er den Kopf und sieht uns lächelnd entgegen. Bei seinem Anblick beschleunigt sich mein Puls spürbar. Er sieht einfach zum Anbeißen aus, ein hinreißender Typ, ich kann also gar nichts für meine spontane Körperreaktion. Ich bin schließlich auch nur eine Frau.

Als Nächstes bemerke ich seinen Blick, der mich eine Sekunde lang zärtlich streichelt und mir wieder mal eine verräterische Gänsehaut beschert, trotz der Hitze.

Dann schweifen seine Augen auch schon weiter, hinüber zu Patrick. Wobei sein Blick ein wenig nervös zu flackern beginnt: Ist Viktor etwa verlegen?

Befürchtet er, von Patrick ertappt zu werden, während er mich so unverschämt anstarrt?

Ich wende den Kopf und merke, dass Patrick seinerseits mir einen – fragenden? nachdenklichen? – Blick zuwirft.

Aber Viktor rettet mich, indem er uns anspricht: »Na, ihr zwei? Auf Erkundungsrundgang? Habt ihr den sagenhaften Club schon entdeckt?«

»Welchen Club?«, fragen Patrick und ich gleichzeitig.

Viktor grinst vielsagend, zuckt lässig mit den Schultern und meint nur: »Ach, dann ist das Geheimzimmer vermutlich bereits wieder vergeschlossen worden. Ich hatte Glück, ich konnte vorhin einen kurzen Blick erhaschen.«

Ich will gerade nachhaken – forcierte Recherche gehört schließlich zum Journalistinnendasein, und ich gewöhne mich besser beizeiten daran, mich nicht mit Halbinformationen oder vagen Andeutungen abspeisen zu lassen –, da ereignet sich irgendetwas Besonderes hinter unseren Rücken.

Auftritt Seiner Majestät höchstpersönlich: Leandro O. kommt über die Gangway an Bord ... geschritten!

Er ist eher klein und auch nicht sehr kräftig gebaut, aber trotzdem halte ich unwillkürlich den Atem an bei seinem Anblick.

Der Mann besitzt Charisma, Donnerwetter!

Er kommt nicht einfach an Bord seiner Yacht, er tritt wirklich und wahrhaftig auf.

In einer Art weißer Fantasieuniform mit goldfarbenen Litzen und Kordeln, die vermutlich an jedem anderen nur lächerlich wirken würde: Marke Operettentenor.

Er ist auch nicht wirklich ein gut aussehender Vertreter seines Geschlechts.

Aber er hat was, wenn ich auch noch nicht weiß, was genau es ist, aber ich komme schon noch dahinter: Ich sage nur: VERSCHÄRFTE RECHERCHE! Ich kann doch meine späteren Leser nicht mit angedeuteten Halbheiten und Gemeinplätzen langweilen.

Er sieht uns da stehen an der Reling, wie festgezurrt, setzt ein kleines, feines Lächeln auf und winkt uns dann alle drei heran: damit wir ihn feierlich begrüßen können, wie es sich gehört, wenn der König höchstpersönlich die Arena betritt.

»Ah, Patrick! Das ist also Ihre kleine Freundin. Allerliebst!«

Allerliebst?!

Dabei grinst er mir frech ins Gesicht und zwinkert mir auch noch anzüglich zu.

Ich ärgere mich und fühle mich gleichzeitig – *erregt!* Und geschmeichelt, ich gestehe auch dies.

Hier stehe ich nun also wie ein dummes Schulmädchen, habe einen Schweißausbruch trotz meines superleichten roten Thaiseide-Fummels, spüre mein Herz wie verrückt hämmern und gestehe mir fast in derselben Sekunde noch etwas ein: *Ich habe Lust auf alle drei Männer – Patrick, Viktor und Leandro O. In dieser Reihenfolge, nacheinander oder alle zusammen, das muss ich noch mit mir selbst klären. Aber das ist bereits eine Detailfrage, das hat noch Zeit.*

Als Nächstes mache ich mir Gedanken über den Grund: *Die drei Männer sind so unterschiedlich, wie sie nur sein können!*

Habe ich den Verstand verloren? Ist mein Nervenkostüm von dem luxuriösen Ambiente angegriffen und überreizt?

Der »König« ist darüber hinaus für meinen Geschmack zu alt und auch sonst – rein äußerlich betrachtet – eigentlich überhaupt nicht mein Typ.

Viktor stand mir bereits zur Verfügung, und ich habe aus freien Stücken nicht zugegriffen.

Außerdem bin ich weiterhin und sogar immer mehr in Patrick verliebt, und daran wird sich hoffentlich auch die nächsten Jahrzehnte nichts ändern. Jedenfalls nicht, wenn es in meiner Macht steht!

Bin ich eben im Begriff, eine weitere unbekannte Noella-Version zu entdecken? Sozusagen eine Zwillingsschwester, die in mir steckt, theoretisch angelegt ist wie ein physikalisches Feld, das nur darauf wartet, sich bei passender Gelegenheit zu materialisieren?

»Wir sehen uns dann gleich an der Bar, zum Begrüßungscocktail!«, sagt Leandro in diesem Augenblick, und es klingt warm, aber dennoch wie ein Befehl, dem sich tunlichst niemand widersetzen sollte.

Sein Tonfall und die für meinen Geschmack etwas zu tiefe Stimme reißen mich aus meinen Überlegungen heraus und holen mich zurück ins gleißende Sonnenlicht.

Ich transpiriere immer noch, spüre deutlich den feuchten Film auf meiner Haut und insbesondere zwischen den Brüsten. Es fühlt sich an wie nach dem Sex!

Er tritt jetzt ganz dicht vor mich hin, sieht mir in die Augen, legt dann eine Hand fest und gebieterisch unter mein Kinn, hebt es ein wenig an.

»Wirklich, ganz bezaubernd!«, sagt er, dieses Mal so leise, dass vielleicht nur ich es hören kann.

Und das verdammte Blut beginnt in meinen verdammten Ohren zu rauschen. Mir wird schwindlig, am liebsten würde ich meinen Kopf an Leandros Schulter sinken lassen.

Was zum Teufel ist los mit mir?

6

WELLEN DER LUST

Komm mit!«, raunte Patrick und packte Noella fest an der Hand, kaum dass Leandro O. ihnen den Rücken zugekehrt hatte, um einen seiner weiblichen Gäste zu begrüßen.

Die Lady hatte ihn offenbar noch nicht zu Gesicht bekommen seit ihrer Ankunft und gab bei seinem Anblick gurrende Laute des Entzückens von sich.

»Liebste Claire …« war das Letzte, was Noella aus dem Mund des Gastgebers noch hörte, dann tauchten sie und Patrick auch schon ab, die mit einem roten Läufer beschlagene Treppe hinunter und in den Bauch der Yacht hinein.

Leandro reichte der Lady galant den Arm und führte sie irgendwo nach hinten, vermutlich ins Allerheiligste, in seine eigene Suite.

Viktor blieb alleine an Deck zurück und wandte sich wieder der Reling zu, wo er sich mit den Armen abstützte und ins Wasser starrte, das an dieser Stelle durchscheinend klar und sanft türkisfarben den Blick bis hinunter auf den Grund freigab.

Ich muss mir Noella aus dem Kopf schlagen, dachte

er und wusste im selben Moment schon, dass der Wille alleine in diesem Fall wohl nicht zum Ziel führte.

Okay, dann geh ihr wenigstens so gut wie möglich aus dem Weg!, empfahl sein innerer Rittmeister sofort, und fügte gleich darauf hinzu: *Konzentrier dich auf die anderen Damen, das ist schließlich dein Job an Bord, Junge! Diese Claire eben sah immerhin nicht schlecht aus, sie macht zwar ein bisschen zu sehr auf Vamp, aber dabei handelt es sich vermutlich bloß um Fassade. Möglicherweise ist sie verkappt schüchtern und will es unbedingt überspielen, weil sie einen Ruf zu verlieren hat, beruflich erfolgreich ist und in der Öffentlichkeit gerne als unabhängig gilt. Diese Sorte Frau ist erfahrungsgemäß am empfänglichsten für deine Sorte von Spezialsex, haha. Die will sich verwöhnen lassen und dann doch auch noch hart durchgevögelt werden nach der »Verführung«. Also halt dich ran, Viktor. Aber lass die Finger von Noella.*

Er starrte weiter hinunter ins Wasser unter dem Kiel, wo sich mittlerweile ein kleiner Schwarm tropisch bunter Fische tummelte.

Vor seinem inneren Auge erschien jetzt allerdings – ungerufen – das Foto von Noellas feuchtglänzender Muschi, das er in der Zwischenzeit in seinen Laptop eingespeist und seither zum x-ten Male betrachtet hatte.

Mit Hilfe einer speziellen Software, die es ihm erlaubte, farbliche, technische und grafische Veränderungen am gespeicherten Bildmaterial vorzunehmen, hatte er das Original auch bereits einige Male überarbeitet und die verschiedenen resultierenden Bildvariationen separat abgespeichert.

Ihre Muschi gleicht tatsächlich einer soeben aufgeblühten Rosenknospe. Da ist dieser rötlich-samtige Schimmer tief drinnen, der sich mit Hilfe technischer Tricks sogar noch verstärken lässt.

Ein Perlchen ausgetretener Liebessaft ähnelt einem in der Sonne schillernden Tautropfen, vor allem bei entsprechender Bearbeitung.

Sie ist feucht geworden während unseres kleinen Spielchens am Strand, ich wusste es doch, da war dieser moschusartige Geruch in der Luft, und jetzt halte ich auch noch den sichtbaren Beweis dafür in Händen … Hör auf, Viktor, auf der Stelle! Was ist denn los mit dir? Mal ganz abgesehen davon, dass sie Patricks Mädchen ist. Die beiden sind jetzt bestimmt rasch hinunter in ihre Kabine gehetzt, um es kurz und heftig miteinander zu treiben, vor dem unvermeidlichen allgemeinen Begrüßungscocktail …

An dieser Stelle umklammerten seine Hände die Reling unwillkürlich fester. Die Knöchel an seinen Handgelenken traten hell hervor. Viktor biss die Zähne zusammen, so hart, dass sie knirschten und der Kiefer ihn anschließend noch sekundenlang schmerzte.

Verdammt, ich bin eifersüchtig! – er stieß sich mit beiden Händen heftig von der Reling ab, wirbelte dann fast um die eigene Achse herum und marschierte auch schon los, mit vor Ärger langen und weit ausgreifenden Schritten. Ärger über sich selbst und diese unerwünschten Gefühle, die ihn seit gestern plagten. Es war an der Zeit, sich wieder einzukriegen und für den Begrüßungsumtrunk in Schale zu werfen. Die geladenen Damen sollten schließlich verwöhnt werden, und das nicht zu knapp.

Aber Viktor kam nicht weit.

Die Frau war lautlos wie eine Katze hinter ihm an Deck aufgetaucht, und nur der Teufel mochte wissen, wie lange sie da bereits gestanden und ihn heimlich beobachtet hatte.

»Hi«, sagte Viktor. »Ziemlich heiß heute, was?«

Er grinste und ärgerte sich gleichzeitig darüber, weil ihm nichts Geistreicheres eingefallen war.

Junge, es wird tatsächlich höchste Eisenbahn, dich darauf zu besinnen, was es heißt, ein Profi zu sein.

Die anderen Ladys an Bord, einschließlich dieser hier, können nichts für deine Launen. Und die eine, die etwas dafür kann, schert sich keinen Deut darum oder um deine sonstigen Gefühle und Befindlichkeiten.

Die Frau schüttelte nur den Kopf und lächelte auf subtile Weise. Dabei sah sie ihn durch einen im Wind wehenden Vorhang von blonden langen Haaren hindurch an.

Ihre üppigen Kurven bei gleichzeitig gertenschlanker Taille waren neben der blonden Mähne eigentlich ebenfalls ganz sein Fall, wie er weiterhin feststellen konnte.

Trotzdem ließ sie ihn seltsam kalt.

Er blieb sich in jeder Sekunde, während er ihren lasziven Blick professionell-aufreizend erwiderte, dieser Tatsache bewusst: *Der Ständer, den er in seiner weiten weißen Leinenhose spürte, hatte nichts – oder jedenfalls fast nichts – mit dieser kurvigen Blondine hier zu tun.*

Dafür fast alles mit der Erinnerung an das Foto von Noellas Rosenmöse und dem betörenden Duft, den sie abgesondert hatte, gestern Nachmittag am Strand.

»Mein Name ist Viktor!«, sagte er, um dem lasziven Blick und dem Dauerlächeln endlich zu entrinnen.

Ich besorge es ihr am besten von hinten, überlegte er dabei gleichzeitig weiter – er bereitete sich stets auch technisch auf seine Klientinnen vor!

Sie hat Kuhaugen, sanft und braun, das kann ich nicht leiden beim Sex.

Und dieses Dauerzahnpastalächeln auch nicht. Das nervt und sieht aus wie eine Maske, wenn sie es aufbehält, während ich sie stoße.

Von hinten ihre großen Brüste zu halten, das allerdings hat sicher was ... außerdem wird es ihr helfen, sich gehen zu lassen, wenn sie merkt, dass sie nicht dauernd lächeln und den Bauch einziehen muss, weil ich beides da hinter ihrem Rücken sowieso nicht sehen kann.

Er wusste, dass seine Überlegungen kaltschnäuzig und gemein klangen, aber Gedanken waren nun mal frei. Und im Moment ging es ihm emotional nicht so gut, er musste sich einfach ein wenig abreagieren ...

»Ich heiße Jessy!«, sagte die Blondine in diesem Augenblick. Ihr Lächeln vertiefte sich noch um eine Spur. »Freut mich sehr ... Viktor!«, fügte sie noch hinzu, wobei sie die letzten Worten mehr hauchte als aussprach.

Sie zieht wirklich alle Register, das arme Mädchen!

Dabei müsste sie sich gar nicht so anstrengen, immer-

hin zahlt Leandro O. die Honorare der Crewmitglieder pünktlich, wie man hört.

Ich bin ein Mietboy, Honey! Komm und bedien dich, das Büfett ist eröffnet.

Er beugte sich vor und küsste sie rasch auf beide Wangen. »Wir sehen uns gleich beim Begrüßungscocktail. Ich will nur rasch duschen und mich umziehen.«

Damit machte er sich eilig aus dem Staub. Eine kleine Verschnaufpause brauchte er vorher nämlich wirklich noch.

Er wusste, er würde Jessy sowieso nicht entrinnen. Immerhin war er, wie die übrigen Mitglieder der Besatzung, nicht zum Vergnügen hier an Bord.

Zumindest nicht zu seinem eigenen Vergnügen!

»Nein!«, sagte Noella. Und gleich darauf: »Du bist verrückt, Patrick, wir können doch nicht ... Hey, Sunnyboy, das ist die Kajüte des Kapitäns!«

»Na und, Prinzessin? Du hast doch eben gehört, was Leandro dieser Claire erzählte. Der Junge hängt mit den anderen Herren noch in der Yachthafenkneipe ab. Die kommen erst zum Begrüßungscocktail an Bord, keine Sekunde früher.«

»Und ich will auch noch duschen und mich umziehen vor dem Cocktail!«, protestierte sie abermals, aber da legte er seine Lippen auf ihren Mund und stoppte sie.

Er schmeckt nach Meer, Salz und nach ... hmmm, mehr, viel mehr, er schmeckt nach Mann ...

Sie schnurrte leise, während seine Zunge wieder einmal diesen erregenden Tanz mit der ihren begann, dem sie sich, seitdem sie sich kannten, noch nie hatte entziehen können oder wollen.

Dieses Mal allerdings kam eine weitere Dimension hinzu und steigerte die Lust nochmals: Viktors dunkler Blick, der unter langen schwarzen Wimpern hervorschaute, der sie zu beobachten schien, während sie Patricks Kuss leidenschaftlich erwiderte.

Er ist eifersüchtig, der Luxuscallboy! Ich spüre sie, seine brennenden Blicke. Und nur deshalb hat er mich vorhin auch so angestarrt.

Das gefällt mir, es gefällt mir sogar sehr, weil es mir schmeichelt. Na ja, und nicht nur das, er ist ein Zuckerstückchen, und ich bin eine Naschkatze, das erhöht den Reiz der Sache natürlich.

Ich hätte außerdem nicht gedacht, dass er so hartnäckig auf mich abfährt.

Sie spürte, wie die Feuchtigkeit zwischen ihren Schenkeln bereits ihr dünnes Höschen einzunässen begann, ihre Beine zitterten in den Kniekehlen und knickten schließlich leicht ein. Sie fühlte sich auf einmal schwach, schwindlig und erregt zugleich und glaubte auf einer Wolke zu schweben, deshalb versagten auch die dummen Beine dreist ihren Dienst.

Sie wäre in diesem Moment getaumelt und vermutlich gefallen, wenn Patrick sie nicht festgehalten und mit sich gezogen hätte.

Als Nächstes wurde ihr dann bewusst, dass sie sich bereits in der fremden Kabine befanden.

Patrick drückte mit einer Schulterbewegung die Tür

leise ins Schloss, dann griff er mit einer Hand hinter sich und drehte den Schlüssel um.

Die *Yolanda* schien zwar hochmodern ausgerüstet und auf dem neuesten Stand der Navigationstechnik in See zu stechen, aber die Inneneinrichtung war strikt dem Vorbild uralter Segelfregatten nachempfunden. Das romantische Seefahrerambiente sollte die Gäste während der Reise wohl in einer weiteren seligen Illusion wiegen. Folgerichtig waren auch die Kabinen nur mit Hilfe altmodischer, dafür vergoldeter Schlüssel abzusperren.

Im Badezimmer hingegen herrschte wieder Moderne, einladend blinkte ihnen der großzügige Whirlpool entgegen, als Patrick Noella jetzt direkt hier hereinlotste.

Und endlich begriff sie auch, was er jetzt gleich mit ihr vorhatte. Eine neue Spielart nämlich …

Er küsste sie erneut, bedeckte ihren Hals, ihr Gesicht, die Augenlider, die Brauen und selbst die Schläfen mit kleinen heißen zärtlichen Kuss- und Knabberattacken, schließlich steckte er ihr die Zunge in die Ohrmuschel und begann sie auch hier zu lecken.

Das kitzelte ein wenig, aber auf angenehme und lustvolle Weise, also durfte er fortfahren, während sie leise gluckste.

Sie spürte, wie er anschließend behutsam an ihrem empfindlichen Ohrläppchen knabberte, und auch dieses Gefühl steigerte die Lust weiter, ließ sie anschwellen wie eine Flutwelle, und er war sich dessen natürlich noch vom letzten Mal bewusst.

Er erinnerte sich tatsächlich an jeden einzelnen ihrer verborgenen *Noella-Lustpunkte* und fand sie allesamt wieder.

Sie dagegen gewann das alte vorbehaltlose Vertrauen zu ihm zurück und gab sich völlig in seine Hände.

Er durfte ihre Hingabe ruhig spüren und sich daran erfreuen, – aufgeilen –, während sie sich gleichzeitig den unerhörten Luxus erlaubte und intensiv an Viktor dachte.

Viktor, dessen dunkles Profil ihr im Kopf herumspukte, seitdem sie gestern all die vielen Stunden neben ihm im Wagen gesessen und ihn heimlich während der Fahrt beobachtet hatte.

Während Patricks Lippen jetzt tiefer glitten und seine Hände geschickt begannen, ihre Brüste aus dem Seidentop und dem winzigen Bikinioberteil, das sie darunter trug, zu schälen, stellte sie sich gleichzeitig vor, wie Viktor jetzt dicht hinter ihnen stand, sich dabei an sie presste und sein Becken wild und voll nur noch mühsam unterdrückter Gier an ihrem Hinterteil rieb.

Er bedeckte ihren bisher noch ungeküssten Nacken mit kleinen heißen Liebesbissen, wobei er ihre langen Haare mit einer Hand hochhob, während er mit der anderen offenbar den Reißverschluss an seiner Hose öffnete … Sie konnte das Ziepen deutlich hören in ihrer Vorstellung und kostete in Gedanken die heißesten Vorfreuden aus.

Zwei teuflisch gut aussehende Kerle, zwei höllisch steife Schwänze, und das zur selben Zeit, am selben Ort … zu ihrer freien Verfügung!

Die Wirkung dieser kleinen erotischen Fantasie zeitigte unweigerlich ein reales Ergebnis, wie Patrick mit Hilfe seiner forschenden Finger soeben entdecken durfte – »Wow, du machst mich total verrückt, Prinzessin!«, keuchte er. »Du bist so unglaublich nass, so sehr bereit für mich, in so kurzer Zeit!«

Oh ja, Süßer, was Wunder? Ich bin bereit für euch beide, stell dir vor …

Sie kicherte leise, während er jetzt immer stürmischer vorpreschte, sie hastig aus ihrem kurzen roten Seidenwickelrock pflückte und das ebenfalls winzige knallrote Bikinihöschen über ihre Hüften herunterstreifte.

»He, du Frechdachs!«

»Was heißt hier ›he‹? Jetzt bist du dran, Süße!«

Er knurrte und keuchte und fluchte leise, weil ihm plötzlich alles viel zu langsam ging.

Hastig stieg er aus seiner Kleidung, nahm dabei kaum die harten drängenden Lippen von ihrem Mund, einige sperrige Knöpfe an seinem Hemd mussten dran glauben, Kleinigkeiten wie diese scherten ihn in diesem Augenblick nicht mehr im Geringsten.

Sie spürte die Hitze, die von seinem männlichen Körper abstrahlte, atmete tief dessen würzig-herben Geruch ein und konnte tatsächlich auch an nichts anderes mehr denken als *Fickt mich, steckt mir den einen in die Muschi und den zweiten von hinten in den Anus. Füllt mich aus, tobt euch aus da drinnen, gebt es mir, gebt mir mehr, gebt mir alles.*

Ich bin verrückt nach Sex momentan, Sex mit euren beiden Schwänzen! Ich will alles, ich will euch beide …

Patrick spürte natürlich ihre völlige Bereitschaft, ebenso ihr Zittern, das heftige Beben ihres Körpers, das ihr Verlangen deutlicher als Worte ausdrückte, und dieser scharfe Cocktail machte ihn völlig verrückt.

Sein Schwanz tobte mittlerweile, er witterte die Anziehungskraft einer heißen Pussy in nächster, sozusagen stoßbarer Nähe und wollte dort hinein, auf der Stelle da andocken, sich vergraben, tief hineinstoßen und sich dann in ihr verströmen.

Hastig stieg Patrick als Erster in den dampfenden Whirlpool. Wasser spritzte auf wie eine Fontäne und bildete eine kleine Pfütze auf dem Boden. *Na, wenn schon!* Er griff nach Noella, drängte sie: »Komm Prinzessin, beeil dich … setz dich … hier auf meinen Schoß, langsam, ganz langsam, Baby … oh ja!«

Er saß da und wartete auf sie, mit großen glänzenden Augen, in denen Lust schimmerte, aber auch Liebe.

Zwischen seinen prächtigen Oberschenkeln unter Wasser sah sie seinen nicht minder prächtigen Stab aufleuchten, der sich ihr lüstern entgegenreckte, bereit dazu, sie jeden Moment aufzuspießen.

Sie sah Patrick in die Augen, während sie sich – das Gesicht dem seinen zugewandt – herabließ.

Sie spürte, wie die Haube der Eichel ihre äußeren Lippen teilte, und bereits das verursachte ihr einen heftigen Lustschauer, der sich im gesamten Delta ausbreitete.

Sie ließ sich weiter hinunter, genoss die fortschreitende Penetration, unterstützt vom warmen Wasser des Whirlpools, das die Schwerkraft außer Kraft zu setzen schien, jede Bewegung fließender und müheloser gestaltete.

Patricks Schwanz glitt tiefer und tiefer in Noella hinein, sie fühlte deutlich, wie die Innenwände ihrer Vagina sich bereitwillig dehnten und ihn aufnahmen, sich gleichzeitig aber sofort, nachdem er vollends eingedrungen war, wieder fest schlossen, wie hungrige Lippen, bereit, ihn zu massieren und dann leerzumelken bis auf den letzten kostbaren Tropfen.

Die Lust war intensiv und nahm in jedem Augenblick weiter zu.

Neue erotische Fantasiebilder tauchten gleichzeitig aus dem Unterbewusstsein auf wie Schatten aus den nebligen Dampfschwaden im Badezimmer.

Das Wasser streichelte währenddessen sanft Noellas Haut, liebkoste ihren Körper bis zu den Hüften, an die es gerade heranreichte, solange sie so aufrecht auf Patricks Schoß wie angenagelt saß.

Sie warf impulsiv die Arme um seinen Nacken, schmiegte ihre Brüste mit den harten Nippeln vorne an seine breite Männerbrust und küsste ihn mit von Wasserdampf feuchten Lippen.

Sie war jetzt so aufgepeitscht, fühlte sich wild und hemmungslos, weil geliebt und begehrt – und ihr Mund verschlang fast den seinen, sie biss ihn immer wieder in die Unterlippe, spürte dabei, wie ihr zunehmend heißer wurde vom Becken her, in dem *er* steckte und bereits spürbar pochte, als stünde er kurz davor, gleich abzudrücken.

Patricks Hände umfassten unter Wasser ihre beiden

Knöchel, hoben daran ihre Beine mühelos an, bis ihre Knie angewinkelt waren und die Füße flach auf der Sitzbank des Whirlpools links und rechts von seinen Hüften auflagen.

Sie begriff augenblicklich den stummen Wunsch und die gleichzeitige Einladung und begann nun ihrerseits, sich zu bewegen.

Ihre Hüften freuten sich über die neu gewonnene Bewegungsfreiheit, die ihnen diese Stellung ermöglichte.

Noella ließ instinktiv das Becken kreisen und spürte entzückt, wie dadurch ihre Klitoris zusätzlich stimuliert wurde.

»Ist das gut so, Baby, ja? Sag es mir, komm schon, komm!«, forderte Patrick mit einer Stimme, die rau und belegt klang vor Lust.

»Ja, ja, aber … pssst …« – rasch verschloss sie ihm den Mund mit ihren Lippen, sie wollte jetzt nicht sprechen, sie wollte sich konzentrieren auf die Bilder in ihrem Kopf, die immer plastischer und bunter und erregender wurden.

Dabei hatte diese Fantasie über und von Viktor als Drittem im Bunde etwas Anrüchiges und zugleich Luststeigerndes – denn Patrick ahnte ja nicht einmal etwas davon. Und deswegen kam es ihr wie etwas Verbotenes vor, etwas Schmutziges, und das wollte sie auch ganz alleine für sich selbst auskosten. Im Moment jedenfalls.

Andernfalls würde Patrick es vermutlich noch genießen, und dann ginge ihr dieses verbotene und damit schmutzige kleine Element verloren. Wodurch die Fantasie zwar nicht völlig zerstört, aber doch entzaubert würde.

Wie um Patrick für ihr kleines egoistisches Geheimnis zu entschädigen, spielte sie nun mit seinen empfindlichen Brustwarzen, indem sie diese sanft mit ihren Fingerspitzen umspielte und reizte.

Er legte den Kopf zurück, schloss die Augen und stöhnte genüsslich.

Anschließend ließ sie ihre Handflächen über seinen Brustkorb gleiten. Während der ganzen Zeit kreiste ihr Becken auf seinem besten Stück – so wurde sein ganzer Körper verwöhnt, während sie sich ihrem doppelten *Fantasie-Fick* hingab.

Plötzlich schlang Patrick seine beiden Arme fest um ihre Hüften und hinderte sie daran, immer heftiger und schneller zu kreisen.

»Warte bitte, Sweetie, sonst geht bei mir gleich die Post ab. Das hier ist zu … zu … also, ich feuere gleich ab, aber ich will noch nicht!«

Jetzt spürte sie es auch, das heftige Pochen da unten in ihrer Vagina.

Ihre eigene Lust entsprach heute eher einer langen Welle, die sich gleichmäßig in ihrem gesamten Körper ausgebreitet hatte.

Wieder griff Patrick zu, dieses Mal legte er seine beiden Hände unter ihre Kniekehlen, hob ihre Beine – dank des Auftriebs im Wasser – mühelos hoch und legte sie sich dann auf beide Schultern.

Unter ihrem Becken winkelte er seine Beine stärker

an, sie wurde dadurch nach oben gehoben und ragte weiter aus dem Wasser heraus, was ihr nicht behagte.

»He, du!«

»Lehn dich zurück, Prinzessin! Keine Angst, es kann nichts passieren, ich halte dich ja, noch ein bisschen mehr, ja, so ist es gut!«

Ihr Oberkörper ruhte jetzt in seinem Schoß, lag auf seinen Schenkeln auf, während ihr Kopf bis zu den Ohren von Wasser bedeckt wurde.

Sein Schwanz und ihre Muschi machten die kleine Turnübung willig mit, sie blieben miteinander verbunden und genossen auch diese Form der Reizung.

Während Patrick anschließend wieder kraftvoll in sie hineinstieß, lernte Noella ein neues lustvolles Gefühl kennen – da ihre Ohren sich unter Wasser befanden, wo eine besondere Form von Stille herrschte, konnte sie sich besser denn je zuvor auf seine Stöße konzentrieren, gleichzeitig aber auch ihre Fantasiebilder intensiver genießen.

Es war tatsächlich wie eine Offenbarung.

Als sie auch noch die Augen schloss, überflutete sie ein absolutes Lust- und Glücksgefühl, wie sie es in dieser Form beim Sex noch nie zuvor erlebt hatte.

Sie war ganz bei sich selbst, während sie da so im Wasser trieb. Die Umgebung schien wie ausgeblendet, nichts existierte mehr außer ihrem Körper, dem Schwanz des Liebsten, der tief in ihr steckte und ihr unendliche Lust bereitete.

Kurz bevor sie kam, fiel ihr sogar noch ein passendes Wort ein, um diesen paradiesischen Zustand zu beschreiben, der sie eben mit sich fortzureißen drohte in einer einzigen großen und überwältigenden Welle: *AQUA-SUTRA.*

Das war dann aber auch der letzte Gedanke, ehe sie tatsächlich fortgerissen wurde und ihr Kopf für kurze Zeit unter die Wasseroberfläche geriet, bevor Patrick sie nach oben an seine Brust riss und sie wieder einmal gierig und ausdauernd zu küssen begann, während er sich gleichzeitig in sie ergoss.

7

NEUANKÖMMLINGE

Allmählich füllte sich die Bar. Es war mittlerweile später Nachmittag geworden, in Kürze würde die *Yolanda* mit ihrer illustren Gästeschar an Bord ablegen.

Patrick hatte seinen Platz hinter dem Tresen eingenommen, er trug eine schmucke weiße goldbetresste Uniform, wie der Rest der Mannschaft auch.

Leandro O. polterte hörbar an Deck herum, seine tiefe Stimme klang verärgert, irgendetwas schien nicht programmgemäß zu laufen.

Noella suchte Patricks Blick. Die Lust von vorhin hatte ein immer noch spürbares Echo in ihrem Körper hinterlassen, das in dem geheimen Mitwisser – und Mittäter! Denn immerhin hatten sie eine fremde Kabine entweiht – einen Widerhall suchte.

Sie fühlte, wie Zärtlichkeit sie überflutete, als er jetzt ihren Blick mit einem kleinen, verschwörerischen Lächeln erwiderte.

Ich weiß genau, woran du jetzt schon wieder denkst, mir geht es ganz genauso! – schien dieses Lächeln ihr sagen zu wollen.

Und das war natürlich genau die Antwort, nach der sie sich gesehnt hatte.

Prompt spürte sie dieses verräterische Kribbeln in der Magengegend, wie immer, wenn sich dort die Schmetterlinge zum Flug bereit machten.

Sie musste unwillkürlich schmunzeln: Ob die anderen Männer, die bereits in der Bar versammelt waren, ihr ansahen, was und woran sie gerade dachte?

Zumindest fühlte sie deutlich, wie von vielen Seiten verstohlene Blicke sie streiften. Blicke, aus denen unverhohlenes Interesse hervorblitzte, ehe sie rasch weiterschweiften, wenn sie sich ertappt fühlten.

Patrick schien das Phänomen ebenfalls bemerkt zu haben, weil er ihr jetzt auch noch frech zublinzelte. Mit diesem siegessicheren Grinsen im Gesicht, das er jedes Mal zur Schau trug, wenn er stolz darauf war, dass sie auch von anderen Männern erkennbar begehrt wurde und trotzdem ihm gehörte und er sich dessen sicher war.

Draußen polterte Leandros Stimme jetzt noch einen Tick lauter, und dieses Mal konnte man auch in der Bar einige Sätze deutlich verstehen: »Käpt'n Torsson! Geben Sie den Befehl zum Auslaufen, wir haben lange genug gewartet. Wer jetzt nicht an Bord ist, bleibt eben an Land. Basta.«

Tatsächlich ging kurz darauf ein leichter Ruck durch die Yacht, die *Yolanda* hatte abgelegt.

Noella glitt hinter den Tresen und an Patricks Seite: »Schade, ich hätte so gerne an Deck beobachtet, wie wir auslaufen! Warum muss dieser blöde Cocktailempfang ausgerechnet jetzt stattfinden?«

»Schätzchen, ich habe keine Ahnung. Leandro ist der Boss, und er will es offenbar so. Außerdem scheint es eine Panne gegeben zu haben, wie wir eben hören konnten. Ich vermute, wir hätten zum jetzigen Zeitpunkt bereits auf See sein sollen.«

»Stimmt auch wieder, Sunnyboy! Wer da wohl nicht rechtzeitig erschienen ist? Ein wichtiger Gast?«

»Allerdings. Ein hohes Tier aus dem Weißen Haus, das hat mir gerade vorhin eine Fee ins Ohr gewispert!«, sagte in diesem Augenblick eine Männerstimme, bei deren Klang Noella einmal mehr ein wohliger Schauer über den Rücken hinunterlief.

»Viktor, hallo!« Sie drehte sich zu ihm um und lächelte ihn an. »Eine Fee? Interessant! Ich nehme an, sie ist hübsch?« – *Noella, reiß dich zusammen, warum so neugierig? Die Fee sollte dich gar nicht interessieren, es geht um den verspäteten Gast!*

Aber es war bereits passiert und die verfängliche Frage gestellt.

»Sehr hübsch, blond und kurvig noch dazu. Appetitlich würde ich sagen!« – Bei dem Wort »kurvig« beschrieben seine beiden Hände in der Luft direkt vor Noellas Augen zweifelsfrei die Gestalt eines weiblichen Torsos.

Viktors Augen funkelten dabei schelmisch, und Noella gestand sich verärgert ein, dass sie ihn in diesem Moment liebend gern auf den Mond oder sonst wohin geschossen hätte. Ganz offensichtlich machte es ihm diebische Freude, sie ein wenig zu provozieren.

Und wie sie sich kannte, hatte ihr Gesichtsausdruck

gerade eben, während sie die dumme Frage stellte, zumindest einen Augenblick lang ihre wahren Empfindungen widergespiegelt. Deshalb war er wohl auch so deutlich amüsiert.

Du hältst dich wohl für unwiderstehlich, was, Süßer? Anscheinend hat dir diese blonde Fee einen Wink gegeben, mit Bündeln von Hundertdollarnoten in der Hand.

»Aber das klingt ja nach einem richtig guten Fang, Viktor. Gratuliere. Dann lohnt sich der Ausflug wenigstens für dich. Hat die Fee auch einen Namen, oder wollte sie ihn dir nicht verraten?«

Bravo, Noella! Das war schon deutlich besser!

»Jessy«, sagte er prompt, wobei er dieses Mal Patrick ansah, als wäre diese weltbewegende Information nur für Männer von einem gewissen Interesse.

Prompt stieg Patrick auch sofort in das Thema mit ein – *Typisch Mann! Kaum hören sie was von blond und kurvig, ist schlagartig das Interesse geweckt, selbst wenn die eigene Liebste gleich daneben steht und in ihrer Möse noch sein Sperma herumschwimmt.* »Was hat die kesse Jessy noch so erzählt, Mann? Los, sag schon. Wer ist der VIP-Mann aus Washington? Etwa der Präsident höchstpersönlich?«

Viktor schüttelte den Kopf. »So weit reicht Leandros Arm auch wieder nicht. Nein, unser Mann ist wohl ein wichtiges Mitglied in irgendeinem Beraterstab aus der Umgebung des Präsidenten, die Herren tagen derzeit wegen der vertrackten Lage im Irak. Deshalb konnte der verspätete Gast auch nicht rechtzeitig an Bord kommen. Allerdings soll er in Kürze mit einem Wasserflugzeug landen und uns dann doch noch mit seiner Anwesenheit beehren. Jessy glaubt obendrein zu wissen, dass er eine fremde wunderschöne Dame mitbringe, die eigentlich nicht von Leandro eingeladen worden sei. Deshalb sei der in Wirklichkeit auch so verärgert, nicht wegen der verspäteten Ankunft. Leandro kennt und schätzt nämlich die Ehefrau unseres VIP-Gastes.«

Patrick, der gerade dabei war, ein ganzes Fass seiner Spezial-Margarita *Hemingway* anzusetzen, grinste vergnügt von einem Ohr zum anderen: »Prinzessin! Na, wie hört sich diese Geschichte in deinen Ohren an? Interessant, oder lässt dich Viktors Bericht völlig kalt?«

Natürlich lässt er mich nicht kalt, mein Journalistinnenherz klopft bis zum Hals, Sunnyboy, was denkst du denn! Leider wird es mir später kaum möglich sein, solche und andere Geschehnisse an Bord auch zu dokumentieren. Erstens herrscht an Bord absolutes Fotografierverbot, wie du weißt, und außerdem lassen sich solche wichtigen Leute nie leicht übertölpeln. Die sind nämlich auf der Hut. Und ohne beweiskräftiges Bildmaterial glaubt mir diese Story in Deutschland später doch keine Redaktion!

Sie warf Patrick einen vielsagenden Blick zu, aber der erwiderte ihn dieses Mal nicht. Er beobachtete gerade Viktor dabei, wie dieser wieder einmal fasziniert und hingerissen Noellas wechselnde Mimik und die entsprechenden Gebärden beobachtete.

»He, Sunnyboy! Welcher Nationalität gehört eigentlich unser Leandro O. an?«

Sie hatte diese Frage schon längst stellen wollen, war aber immer wieder davon abgelenkt worden. Und jetzt war der richtige Zeitpunkt gekommen, schon um Patrick von seinem Beobachtungsposten herunterzuholen.

Das Manöver zeigte Erfolg.

»Ich weiß nicht so genau, geborener Amerikaner ist er jedenfalls nicht. Frag solche Sachen lieber Viktor, der kennt sich auf dem Gebiet besser aus«, sagte Patrick.

Sie drehte den Kopf und sah direkt in die Augen ihres Fantasie-Lovers.

»Also, Viktor?«

»Niemand weiß es genau. Aus dem einfachen Grund, weil Leandro sich geschickt bedeckt zu halten weiß. Man munkelt, er stamme aus Kuba, sei ein erklärter Gegner Fidel Castros und eines Tages einfach von der Insel abgehauen, bevor er ohnehin im Gefängnis gelandet wäre. Offiziell hat er allerdings angegeben, aus Venezuela zu stammen. Wie auch immer, er besitzt viel Geld, ist ein äußerst erfolgreicher Geschäftsmann und hat beste Kontakte bis hinein ins Weiße Haus. Wen interessiert da schon seine Vergangenheit? Und dass er gern mal eine kubanische Zigarre raucht, heißt noch lange nichts. Dabei hat ein Bill Clinton sich einst auch erwischen lassen, und dessen Wiege schaukelte ganz bestimmt nicht auf einer gewissen Karibik-Insel.«

In diesem Augenblick hörte man von draußen Motorenlärm hereindröhnen, der nicht von dem Maschinenraum der *Yolanda* stammen konnte.

»Na bitte, das Wasserflugzeug ist gerade gelandet,

wenn mich nicht alles täuscht. Jetzt wissen wir sicher bald mehr.«

Viktor stützte sich lässig mit dem Ellbogen auf dem Tresen ab und winkte Patrick zu: »He, Mann, wo bleibt eigentlich mein Cocktail? Die Dame hier hätte auch gerne einen, sie sieht schon ganz verdurstet aus, die Ärmste.«

Noella hätte ihn in diesem Moment am liebsten geohrfeigt. Unverschämt gutes Aussehen, gepaart mit dieser momentan wirklich aufreizenden Arroganz, dann noch die freche Bemerkung eben – *Will er damit etwa sagen, dass meine Haut ausgetrocknet ist und Runzeln wirft?* –, sie fand wirklich, der liebe Viktor wäre eben dabei, sich auf äußerst gefährliches Terrain zu begeben.

Die Bemerkung mit der blonden kurvenreichen Fee war schon starker Tobak gewesen. Und gänzlich überflüssig noch dazu. Niemand hatte danach gefragt, oder?

Sie wurde das Gefühl nicht los, dass er, seit er in der Bar aufgetaucht war, es geradezu darauf anlegte, sie zu provozieren und zu einer Art Duell herauszufordern.

Ehe sie sich allerdings noch weitere Gedanken machen konnte, wurde die Tür schwungvoll von außen aufgerissen, und ein sichtlich aufgedrehter Leandro stampfte in die voll klimatisierte Schiffsbar. Dicht gefolgt von einem Pärchen, das sofort sämtliche neugierigen Blicke auf sich zog.

Der Mann war relativ klein und gedrungen und hatte außerdem einen so kurzen Hals, dass sein großer Kopf direkt auf den Schultern zu ruhen schien.

Dafür war sein Brustkorb massiv, fast quadratisch, mit daran befindlichen kurzen dicken Armen, mit denen er beim Gehen in der Luft ruderte, als könnte er nur so das Gleichgewicht halten und seine breitbeinige Gangweise austarieren.

Die junge Frau dicht hinter ihm war dafür atemberaubend schön, groß und schlank, mit einer Wespentaille und zarten Fuß- und Handgelenken gesegnet.

Sie schwebte regelrecht herein, keines ihrer hübschen Füßchen schien richtig den Boden zu berühren.

Sie besaß wunderbar mandelförmige Augen, das zierliche Näschen einer Asiatin und unglaublich zarte, olivfarbene und zugleich golden schimmernde Haut.

Langes, völlig glattes und mahagonifarben glänzendes Haar fiel ihr über den Rücken bis fast hinunter auf die Hüften.

Sie trug ein knielanges, eng anliegendes rotes Seidenkleid mit einem kleinen Stehkragen und kurzen leicht gerüschten Ärmelchen.

Sittsam hochgeschlossen und doch verrucht zugleich, mädchenhaft und dennoch verführerisch.

Dazu trug sie an den ebenfalls hübschen Füßchen ein Paar hochhackige Sandaletten mit zarten Goldriemchen.

Sexy, edel, verführerisch.

Ein Wesen, das sowohl Prinzessin aus Tausendundeiner Nacht, als auch Edelprostituierte sein konnte. Schauspielerin oder ergebene Ehefrau eines mächtigen Mannes. Alles schien möglich.

Ein absolut gekonnter Mix.

Jeder in der Bar, ob Mann oder Frau, starrte diese geheimnisvolle Erscheinung augenblicklich fasziniert an.

Es war wieder einmal Viktor, der zur Aufklärung beitrug: »He, Patrick! Weißt du, wer das Täubchen ist?« Seine Stimme klang plötzlich belegt, und sofort bimmelten bei Noella sämtliche inneren Warnglöckchen los.

»Jetzt sag bloß nicht, du kennst sie …«, begann Patrick.

»Ihr richtiger Name lautet Bai Ling, sie nennt sich allerdings Maya Brown!«, unterbrach ihn Viktor. »Ich habe dir von ihr erzählt, eines Nachts in San Francisco, daran erinnerst du dich sicher.«

Patrick pfiff leise durch die Zähne, sah kurz zu Noella hinüber, wohl um ihre Reaktion auf das Ganze zu überprüfen, beugte sich dann über den Tresen und raunte ihnen beiden zu: »Ich möchte wetten, Leandro hat keine Ahnung, wer sie wirklich ist!«

»Die Wette verlierst du, also halte dich zurück, Sportsfreund. Er weiß sogar ganz sicher, wer sie ist. Was er allerdings bis gerade eben nicht wusste, ist, dass sie ab heute sein Gast auf der *Yolanda* sein würde. Er hätte sich sonst mit Händen und Füßen gegen diesen Besuch gewehrt, darauf wette ich. Da hat ihm sein hochgeschätzter VIP-Gast sozusagen ein Kuckucksei ins Nest gelegt!«

Viktor stand da, lächelte auf merkwürdige Weise und hob dann sein Glas, um mit Noella anzustoßen: »Ein Prosit auf die kommenden Tage. Ich nehme an, es wird einigermaßen feuchtfröhlich zugehen an Bord.«

8

NOELLA

Maya Brown alias Bai Ling also … Eurasierin. Der Vater weißer Amerikaner, die Mutter Chinesin. Daher die anmutige Schönheit, gepaart mit eisernem Durchsetzungswillen und katzenhafter Eleganz.

Mittlerweile weiß ich aber darüber hinaus noch ein ganzes Eckchen mehr über die schöne Lady.

Von Beruf Chefin eines Edel-Escortservices.

Oder besser gesag: Sie ist die Alleinbesitzerin.

Und es handelt sich auch nicht nur um ein Geschäft, sondern um zwei. Das eine Büro befindet sich in New York, das andere in Los Angeles. Falls man ein solches Unternehmen als »Büro« bezeichnen kann, im herkömmlichen Sinne wohl eher nicht!

Viktor hat mich so lückenlos wie möglich aufgeklärt, während ich zwei Cocktails in relativ kurzer Zeit hintereinander wegschlürfte.

Jetzt bin ich natürlich leicht beschwipst und finde die immer noch andauernde Begrüßungscocktailrunde von Minute zu Minute unterhaltsamer.

Aber zurück zu Maya.

Normalerweise macht sie sich die Finger nicht selbst schmutzig – als Escortdame, meine ich.

Sie leitet die Geschäfte, sucht das Personal sorgfältig aus und weist es ein. Ansonsten hält sie sich in der Öffentlichkeit total bedeckt. Ihr Konterfei erscheint weder in Zeitschriften noch in anderen Medien, sie bleibt absolut unsichtbar, soll heißen: diskret im Hintergrund.

Darauf kann sich verlassen, wer ihre Dienste in Anspruch nimmt. Und das sollen nicht wenige Herren und auch manche Damen der besseren Gesellschaft sein.

Mayas Service bietet vor allem weibliche, aber auch männliche Begleitung an, falls dies gewünscht wird. Daher kennt Viktor diese Maya auch, er hat immer wieder mal kurzfristig in Los Angeles für sie gearbeitet, falls »Not am Mann« war. In anderen Berufen würde man das »Springer« nennen.

Maya Browns Klientenkartei soll hinsichtlich Geld und Status fast ausschließlich hochkarätige Namen beherbergen.

Politiker, bekannte Geschäftsleute, berühmte Schauspieler und Showstars et cetera.

Dementsprechend sorgfältig stellt Maya ihr Begleitserviceteam zusammen.

Inzwischen kenne ich auch den Namen des Mannes, mit dem gemeinsam Maya heute per Wasserflugzeug eingeflogen ist.

Ein gewisser John McCullon, der eine eher geheimnisumwitterte Position in einem wichtigen Beraterstab des Weißen Hauses bekleidet.

Für mich heißt er einfach *Mann ohne Hals*, sein

Name sagt mir sowieso weiter nichts, aber ich werde mich natürlich bemühen – falls wir je in ein Gespräch miteinander geraten sollten –, ihn jovial einfach John zu nennen, weil sich hier an Bord alle mit Vornamen ansprechen.

Wir sind schließlich unter uns, und im Amerikanischen entspricht diese Form der Anrede unserem intimen »Du«.

Warum Maya *John ohne Hals* – ausgerechnet – begleitet, behauptet Viktor ebenfalls zu wissen: »Maya bekam erst kürzlich Probleme mit den Behörden. Sie unterstellten ihr, quasi zwei bessere Bordelle zu betreiben, und drohten, sie zu schließen. Auch hat sie nach Ansicht der Behörden in der Vergangenheit zu wenig Steuern bezahlt und weigert sich standhaft, freiwillig eine stattliche Nachzahlung zu leisten, weil es sie ruinieren könnte, wie sie sagt. Sie muss in jedem Fall dringend handeln und sich etwas einfallen lassen, um ihr geschäftliches Überleben auf Dauer zu sichern. Also vermute ich mal, sie wird versuchen, John McCullon für ihre Zwecke zu benutzen. Er wird es später kaum wagen, ihre kleine Bitte um Hilfe auszuschlagen, immerhin könnte sie auspacken über Abenteuer wie dieses hier auf der *Yolanda.* Verstehst du jetzt, Noella?«

So weit also Viktor im O-Ton!

Na, und wie ich verstand. Ich hatte zwar bis jetzt immer gedacht, naiv wie ich nun mal immer noch bin, solche Storys fänden bloß in Romanen und Hollywood-Filmen statt.

Aber woher sollten die Autoren dieser einschlägigen

Werke wohl ihre Ideen beziehen, wenn nicht aus dem wirklichen Leben?

Ich sehe jetzt auch, warum Patrick sich diesen Job auf der *Yolanda* unter keinen Umständen entgehen lassen wollte.

Es geht hochinteressant zu an Bord, das wird mir jetzt bereits klar, wo der Ausflug doch erst beginnt. Wenigstens wenn man sich – wie wir beide – für pikante Geschichten begeistern kann.

Patrick hat mir eben auch noch ins Ohr geflüstert: »Prinzessin, hier sitzt du an der Quelle, falls du deine Studien der angewandten Kulturwissenschaften weiter vertiefen willst. Zweibeinige Alphatiere beiderlei Geschlechts sind jedenfalls genügend an Bord, um deren Beißverhalten ausgiebig zu studieren. So und nicht anders geht es überall zu in diesen erlauchten Kreisen. Das hier ist besser als Kino! Andere angehende Journalisten würden dich lynchen, um deinen Platz hier an Bord einnehmen zu können.«

Damit hat er zwar in allen Punkten Recht, mein süßer, cleverer Barkeeper, aber leider habe ich noch immer keine Lösung dafür gefunden, dass auf der *Yolanda* Kameras verboten sind und es damit unmöglich erscheint, auch nur das geringste Bildmaterial anzufertigen.

9

PATRICK

Allmählich kommt Schwung in die Party, und dafür sind nicht nur meine Spezialcocktails verantwortlich, obwohl ich wirklich stolz bin auf meine entsprechenden Leistungen und auch genügend Komplimente dafür einheimse.

Wenn ich mich so umsehe, begreife ich übrigens auch, warum Leandro unbedingt einen Mann von Viktors Kaliber anheuern wollte.

Die geladenen männlichen Gäste sind nämlich alle einflussreich, mächtig und reich, aber nicht unbedingt Adonisse oder auch nur erotische Offenbarungen. Muss Mann ja auch nicht sein, wenn er nur genügend Kohle besitzt.

Die Damen sind – wenngleich auch nicht unbedingt mächtig im politischen Sinne – zumindest kreativ oder anderweitig erfolgreich, also ebenfalls vermögend und deswegen emanzipiert, also unabhängig in allen Liebeslagen.

Diese Ladys können und wollen es sich leisten, einen Adonis wie Viktor in ihre Kabinen einzuladen. Wenn sie alleine auf Reisen gehen, weil der Ehegatte mit seiner blutjungen Geliebten unterwegs ist. Falls sie nicht ohnehin geschieden oder verwitwet sind, diese emanzipierten Ladys.

Für das Wohlergehen der Herren ist gesorgt, unter den weiblichen Stewards etwa befinden sich professionelle Mädchen, die den »Kabinendienst« durchaus wörtlich nehmen.

Auch das hat mir Viktor natürlich verraten, der ein geschultes Auge für diese Art von Professionalität besitzt.

Leandro O. überlässt wirklich nichts dem Zufall, das muss man ihm lassen!

Meine Herzensprinzessin wirkt auf mich immer mehr wie der reinste Unschuldsengel inmitten dieser bunten Schar von Paradiesvögeln.

Und vor allem im Vergleich mit unserem weiblichen Neuankömmling, dieser Maya Brown alias Bai Ling.

Ich kann das Teufelsweib in ihr zehn Kilometer gegen den Wind wittern, dieser Sorte Frau bin ich bereits früher gelegentlich im Nachtleben begegnet.

Auch *hautnah* natürlich. Ich musste ja auch erst meine Erfahrungen sammeln.

Heutzutage lasse ich die Finger von fleischfressenden Pflänzchen wie dieser.

Maya ist so brandgefährlich wie zugegeben schön und vielleicht auch faszinierend. Falls man Schlangen schön und faszinierend findet und keine Angst vor deren mitunter tödlichem Biss hat.

Meine süße, unschuldige Noella scheint momentan völlig hingerissen. Sie bringt die Augen nicht mehr weg von Maya, beobachtet jede einzelne ihrer anmutigen Bewegungen und Gesten.

Ich frage mich natürlich, ob die Herzensprinzessin ganz nebenbei auch eifersüchtig ist. Sieht sie in Maya die Konkurrentin, die es gegebenenfalls auszuschalten gilt?

Ich habe nämlich auch bemerkt, wie Noella sowohl mich als auch Viktor heimlich, aber durchaus scharf beobachtet, wenn wir unsere Blicke in Mayas Richtung schweifen lassen.

Sie will wissen, ob wir beiden Kerle von der asiatischen Schönheit ebenfalls fasziniert sind, ganz klar.

Also herrscht vermutlich eine Konkurrenzsituation. Ich habe auch bemerkt, wie Mayas Blicke immer öfter – rein zufällig? – in Noellas Richtung wanderten.

Schätzt die Schlange das Kaninchen ab oder die gefährliche wilde Jägerin, die es ernst zu nehmen gilt, selbst für eine Giftschlange, denn auch diese Spezies hat natürliche Feinde in der freien Wildbahn?

Ich beobachte auch Viktors amüsierte und zugleich interessierte Miene, wenn er seinerseits die beiden Schönen taxiert, die unterschiedlicher nicht sein könnten.

Ich glaube, ich kenne meinen Freund mittlerweile gut genug, um behaupten zu können, er hegt dabei eine ganz ähnliche Fantasie wie ich in diesem Augenblick.

Noella und Maya zusammen auf einem weichen Lager ausgestreckt. Beide nackt, völlig versunken in das gemeinsame Liebesspiel, bis plötzlich eine dritte Person hinzukommt.

Ein Mann – ich! Viktor? –, der freudig und mit ausgebreiteten Armen und gespreizten Beinen in ihrer Mitte empfangen wird.

Sie entkleiden ihn gemeinsam, massieren ihm zuerst zärtlich Brust und Rücken, dann Schenkel, schließlich den Schwanz und die empfindlichen Brustwarzen, die Füße samt Zehen, sie streicheln, küssen, lecken, gurren und schnurren dabei.

Sie drehen ihn anschließend gemeinsam zur Seite und bedeuten ihm, in dieser Stellung liegen zu bleiben.

Er gehorcht sofort und ist sichtlich erregt, macht alles mit, genießt mit allen Sinnen, sein Schwanz zuckt voller Vorfreude auf den nächsten Akt, der gleich beginnen wird.

Eine von beiden legt sich jetzt ebenfalls seitlich hin, Brust an Brust mit ihm, eines ihrer Beine drückt die seinen nach unten, während sie ihr Döschen über den waagrecht abstehenden Schwanz schiebt und ihn darin samtweich aufnimmt, wobei ihre sichtlich harten Brustknospen sich genüsslich an seiner Brust reiben.

Die andere Schönheit schiebt derweil hinter dem stöhnenden Mann dessen feste Hinterbacken auseinander und anschließend ein mit Gleitmittel behandeltes Fingerchen in sein rückwärtiges Loch, schließlich noch ein zweites.

Sanft dehnt sie so seinen Anus, bewegt die Finger darin auf und ab, dreht und wendet sie, während gleichzeitig vorne die Freundin ihn zu stoßen beginnt, fast so, als ob sie in Reiterstellung auf ihm säße.

Allmählich steigern die beiden Liebchen das Tempo,

werden wilder, fordernder und lauter, während sie stöhnen und seufzen.

Noch kann er sich beherrschen, obwohl sein Schwanz bereits puckert, sein Puls rast und ein Schweißfilm seine Haut bedeckt, aber er weiß, es wird jetzt nicht mehr lange dauern, dann kommt es ihm gewaltig.

Und hinterher werden sie zu dritt – aneinandergeschmiegt in Sandwichstellung – ein wenig schlummern, damit er sich erholen kann.

Anschließend werden die weiblichen Rollen getauscht, die andere will ebenfalls von seinem Liebessaft kosten und ihren Teil davon abbekommen, ganz klar.

Tja, eine schöne, lustvolle Szenerie, nicht wahr?

Ich wünschte, sie würde sich für mich verwirklichen lassen.

Ich werde Noella-Herzensprinzessin gegenüber diese *erotische Wunschbeichte* ablegen, mal sehen, wie sie reagiert.

Ah, Viktor schaut gerade in meine Richtung und direkt in mein Gesicht, ich grinse ihm zu und nicke langsam.

Er hebt eine Hand und zeigt mir das V-Zeichen für Sieg.

10

VIKTOR

Also, mich amüsiert dieser ganze Zirkus hier im Moment wirklich sehr. Ich hoffe, die gute Stimmung bleibt mir ein Weilchen erhalten und verflüchtigt sich nicht etwa zusammen mit der Wirkung von Patricks scharfen Cocktails.

Denn im Grunde kann mich nicht mehr allzu viel überraschen. Selbst das Auftauchen Bai Lings nicht.

Ich weiß, wie wild sie im Bett ist – wie eine Raubkatze, wenn sie erst mal Feuer gefangen hat – und wie gefährlich im wirklichen Leben.

Kein Mann sollte diese Rakete von einer Frau unterschätzen, für ihren finanziellen Erfolg geht sie notfalls auch über Leichen, möchte ich mal behaupten.

Für mich stellte sie eine einzige Herausforderung dar, von der Nacht an, als ich ihr in einem Nightclub der gehobenen Klasse zufällig begegnet bin.

Ich ahnte nichts von ihrem Geschäft, sie allerdings durchschaute mich sofort. Nun gut, ich war ja auch auf der Pirsch, brauchte zu jener Zeit dringend einen größeren Geldbetrag und gedachte ihn mir kurzfristig zu erarbeiten.

Sie buchte mich – und probierte mich eiskalt aus.

Ich musste mich echt anstrengen in diesen nächtlichen Stunden, nachdem wir gemeinsam den Club verlassen hatten.

Zu dem Zeitpunkt hielt ich sie noch für eine erfolgreiche Geschäftsfrau »in Sachen Mode«, das hatte sie mir irgendwann nebenbei verraten.

Sie behauptete außerdem, verheiratet und frigide zu sein, jedenfalls bei ihrem Mann. Meine Aufgabe sei es, sie zu erregen und zu befriedigen, schon um dem fiesen Gatten zu beweisen, dass ihre Frigidität mit ihm zusammenhing.

Dann zog sie sich in dem zuvor von ihr bezahlten Hotelzimmer aus und legte sich hin.

»Fang an, Viktor!«, sagte sie.

Das war alles. *Fang an, Viktor!*

Von dieser Sekunde an schwieg sie, gab keinen Laut mehr von sich, nicht einmal das kleinste Stöhnen oder Seufzen, geschweige denn ein Wort – der Zustimmung oder der Ablehnung, es wäre mir egal gewesen, nur irgendetwas –, aber es kam nichts!

Und dann regte sich zum allerersten Mal dieser erotische Ehrgeiz in mir, der mich später als Pornofilmdarsteller wieder und wieder packte.

Ja, es war tatsächlich Maya, der ich dieses seltsame *Erweckungserlebnis* zu verdanken habe.

Ich war in jener denkwürdigen Nacht auf einmal wie besessen davon, dieser ebenso schönen wie eiskalten Puppe Leben einzuhauchen. Ihrem Mund Lustschreie und wohliges Stöhnen zu entlocken.

Dem zarten und doch so zähen schmiegsamen Körper mit den festen kleinen Brüsten und der Wespentaille Stöße zu verpassen, die ihn erbeben und erzittern und sich aufbäumen ließen beim Orgasmus.

Ich zog alle Register, steckte meine Zunge in ihre sämtlichen Körperöffnungen, leckte zärtlich, leckte hart, kostete und streichelte, massierte und knetete mit Hingabe und voller Raffinesse.

Am Ende hatte sie tatsächlich ihre Muskeln nicht mehr unter Kontrolle, ihr biegsamer Körper wurde weich wie Wachs in meinen Händen. Sie zerfloss unter meinen versierten Liebkosungen und schmeichelnden Blicken und Worten.

Irgendwann pinkelte sie dann vor Lust sogar in die Laken und biss gleichzeitig ins Kissen – ich übertreibe nicht. Dabei war ich noch nicht einmal in sie eingedrungen.

Mein großer Augenblick war gekommen, ich fühlte mich als Sieger, als hätte ich die Situation voll unter meiner Kontrolle. Und ein Weilchen war es ja auch so.

Ehe ich Maya in dieser Nacht endgültig nahm, zog ich noch meine winzige Digitalkamera aus meinem linken Stiefel und fotografierte sie in ihrer entrückten Ekstase.

Sie bekam nichts davon mit, ich brauchte auch nicht lange dafür, wollte kein Meisterwerk der erotischen Fotografie später in Händen halten, sondern eine Vorlage für meine Malerei. Dafür würde das Ergebnis allemal ausreichen.

Blitzschnell verschwand die Kamera wieder im Stiefel, Mayas Augenlider waren immer noch geschlossen, ihr Atem ging keuchend, ihre Flanken flogen, ihr herrlicher Körper glänzte von Schweiß und bebte wie im Fieber.

Ich nahm sie von vorn, von hinten, seitlich, sie ließ alles mit sich geschehen und kam mehrmals und sehr heftig.

Es war keine Schauspielerei dabei, ich weiß ganz genau, wann eine Frau den Orgasmus nur vortäuscht, und kann, ehrlich gesagt, Männer nicht begreifen, die das angeblich nicht merken. Du lieber Himmel, wie unsensibel kann ein Kerl, der noch einen Hauch von Leben im Schwanz hat, denn sein?

Einige Tage nach dieser denkwürdigen Nacht habe ich dann daheim auf meiner Staffelei das Ölgemälde der nackten und in Lust völlig aufgelösten Maya begonnen.

Es ist ein sehr gutes und erotisches Bild geworden, ich hätte es bereits häufiger zu einem hohen Preis verkaufen können, habe es aber noch nicht übers Herz gebracht. Ich zeige es zwar in Ausstellungen, aber darunter hängt immer ein weißes Schildchen: *Unverkäuflich. Eigentum des Künstlers.*

Gegen Morgen in jener ersten Nacht hat sie mir dann schließlich gesagt, was ihr wirkliches Geschäft ist.

Sie sagte, ich sei gut genug für ihre verwöhnten Klientinnen aus reichsten und höchsten Kreisen. Ich grinste ihr nur frech ins Gesicht, und sie wurde tatsächlich ganz kurz ein wenig verlegen.

Sie bekam sich allerdings rasch wieder in den Griff, das muss ich auch sagen.

Sie bezahlte mich großzügig nach dieser Nacht, wie vorher abgemacht, ganz knallharte Geschäftsfrau, die weiß, worauf es im Leben ankommt.

Von da an rief sie mich auf dem Handy an, sobald sie einmal eine Klientin an der Angel hatte, die sich mich leisten konnte und wollte.

Ich kam ganz gut herum zu jener Zeit, denn die Ladys wollten meistens vorher ins Theater, in ein Konzert, auf eine Party oder zum Essen. Oder auch eine Kombination von verschiedenen Events.

Hin und wieder kam es auch vor, dass Maya mich selbst bezahlte, und zwar, um ein neues Escortgirl zu testen, das sie ins Team aufzunehmen gedachte.

Ich spielte dann also den zahlenden anspruchsvollen Klienten, der umsorgt und verwöhnt werden wollte.

Es kostete Maya eine schöne Stange Geld, sie musste mir ja das Geld für die ahnungslose Kleine vorab in die Hand drücken, damit ich deren Dienste bezahlen konnte.

Und gleichzeitig mein normales Honorar zahlen. Schließlich leistete ich ja als *Tester* denselben Job wie sonst auch.

Aber so ist Maya: Wenn sie etwas macht, dann richtig. Sie überlässt nichts dem Zufall.

Die Ausgabe war es ihr wert, um sicher sein zu können, dass sie für ihre anspruchsvollen Klienten nur das beste *Material* auf Lager hatte.

Sie wusste genau, wie unbestechlich und gleichzeitig erfahren ich bin, und sie verließ sich voll auf mich.

Wenn ich ein Mädchen für untalentiert für einen derart harten Job hielt (denn das ist er tatsächlich!), sagte ich das Maya auch völlig schnörkellos ins Gesicht.

Die Kleine war daraufhin sofort und für immer aus dem Rennen.

Hielt ich eine junge Frau und deren Fähigkeiten als Escortgirl für ausbaufähig, brachte ich auch dies zur Sprache.

Sie bekam dann von Maya ein *Training* verpasst. O ja, Bai Ling besitzt tatsächlich eine Art Sextrainingslager, und zwar auf ihrer Ranch in Wyoming.

Dorthin verfrachtete sie solche Mädchen auf eigene Kosten für ein oder zwei stürmische Ferienwochen.

Die Cowboys auf der Ranch wiederum wussten, was ihre Aufgaben waren: *einreiten – was sonst?*

Einreiten und nochmals einreiten, von vier- und von zweibeinigen Pferdchen.

Hinterher waren die Mädchen gut gelaunt, braun gebrannt, bestens ernährt und trainiert und damit zwangsläufig auch teuflisch sexy.

Ich meine, eines ist doch glasklar: Wenn eine Frau reiten kann – ich spreche jetzt übrigens tatsächlich vom Reiten auf einem echten Pferd! –, dann kann sie automatisch auch hervorragend mit ihrer Beckenmuskulatur und anderen Bereichen ihres kostbaren Deltas umgehen.

Außerdem verfügt sie dann auch über Ausdauer und verträgt harte Stöße von unten und von hinten – was kann Mann mehr wollen?

Die Cowboys auf Mayas Ranch sind übrigens allesamt höchst ansehnliche und durchtrainierte Haudegen, bei denen es kaum einer Frau – außer Nonnen vielleicht – einfallen dürfte, *Nein* auch nur zu denken!

Maya hatte mir einmal Fotos gezeigt von der Ranch und dem »ganzen Drum und Dran«, wie sie es ausdrückte, und da wusste ich Bescheid.

Und genau dies alles macht unter anderem Mayas Erfolg aus: Sie behandelt ihr Team spitzenmäßig gut, damit es gerne bereit und auch imstande ist, spitzenmäßige Höchstleistungen zu bringen.

In Managerkreisen wird so etwas Motivationstraining genannt und gehört zum normalen Berufsalltag.

Also bitte!

Maya macht im Grunde nichts anderes. Und da es sich um eine außergewöhnliche Branche handelt, muss sie eben auch zu außergewöhnlichen Motivationstechniken greifen.

Dementsprechend bekommen die zahlenden Klienten bei Maya Browns Escortservice dann auch höchste und handverlesene Qualitätsware geboten.

Dass die Mädchen gebildet sind und sich in einem Sternerestaurant formvollendet zu verhalten wissen, versteht sich ebenfalls von selbst.

Auch hier hilft Maya im Notfall mit entsprechendem Training und Kursen nach.

Wie schon erwähnt, im Hause Bai Ling alias Maya Brown wird nichts dem Zufall überlassen.

Voilá, Madame!

So, und jetzt wird es Zeit für mich, ein wenig zu arbeiten. Dieser Begrüßungscocktail hier neigt sich seinem

Ende entgegen, in etwas mehr als zwei Stunden wird der Gastgeber bereits wieder zum Dinner bitten.

Anschließend spielt eine Band zum Tanz auf, und um Mitternacht erwartet uns ein weiterer lukullischer Höhepunkt: das Mitternachtsbüfett.

Dazwischen bin ich jeweils in verschärftem Dienst, wie es aussieht. Ich hätte nicht gedacht, dass es so schnell gehen würde, und eigentlich gehofft, mich ein wenig um Noella kümmern zu können.

Anscheinend lässt die verstärkte Sonneneinstrahlung unter karibischen Verhältnissen die weiblichen Hormone ausrasten. *Falls dem so ist, wird es ein anstrengender Ausflug werden, Viktor!*

Tja, Job ist eben Job.

Die Mini-Digitalkamera steckt wie immer griffbereit im linken weißen Stiefel, der eigens auf raffinierte Weise dafür präpariert wurde. James Bond lässt grüßen.

Jessys kleine Botschaft knistert in der Brusttasche meines Leinenhemds.

Ich bin bereit, mich verführen zu lassen!
Nehmen Sie die Herausforderung an?
Falls ja, sollten Sie sich allerdings etwas einfallen lassen. Ich habe nicht vor, es Ihnen leicht zu machen.
Jessy

Tja, Gnädigste! Dazu bin ich schließlich an Bord, wie Sie sicher ganz genau wissen …

11

Jessy hatte sich nach dem Cocktailempfang und einem kurzen Spaziergang an Deck zwecks Ausnüchterung hastig in ihre Kabine zurückgezogen.

Ihr war plötzlich unangenehm heiß, und sie brauchte dringend eine lauwarme Dusche und saubere Kleidung.

Sie hatte sich täuschen lassen, weil die Bar voll klimatisiert gewesen war und – typisch amerikanisch – eher einem Eiskeller glich als einem normal temperierten Raum.

Dafür aber war es dann an Deck, jetzt am späten Nachmittag, umso heißer und feuchter gewesen. Im Nu war sie schweißgebadet, obwohl die Wärme zunächst wohltuend wirkte.

Als Engländerin bin ich an dieses feuchte subtropische Klima nicht gewöhnt! Leandro hätte mich warnen sollen.

Diese verdammte Sonne hier am südlichsten Zipfel Floridas ist absolut mörderisch für einen hellblonden, empfindlichen Porzellanteint wie den meinen.

Mittlerweile schippern wir vermutlich bereits im Ka-

ribischen Meer herum, wen wundert es also, dass ich rote Hitzepustelchen und -wallungen bekomme … Lieber Himmel!

Sie wand sich nicht ohne Mühe aus der engen weißen Jeans, die nach dem Bummel an Deck jetzt wie eine zweite Haut an ihr klebte.

Dann riss sie sich die zur Hose passende Bluse vom Leib, schließlich auch noch die zarte, ebenfalls schneeweiße Unterwäsche.

Der BH mit dem leichten Push-up-Effekt schien für diese Hitze ebenfalls so ungeeignet zu sein wie Skiunterwäsche in der südlichen Sahara!

Unter ihren vollen Brüsten hatte sich bereits ein kleines Rinnsal von Schweiß gebildet, was Jessy als typische Engländerin einfach *disgusting*, also schlichtweg widerwärtig fand.

Sie war es gewohnt, stets kühl und perfekt von Kopf bis Fuß durchgestylt aufzutreten, immerhin war sie Designerin von edlem Reisegepäck, und ein solcher Beruf verpflichtete natürlich. Zumindest daheim in London, während in den USA alles viel legerer zuging.

Zu Jessys britischem Kundenstamm gehörten sogar einige *Royals*. Darauf durfte sie sich etwas einbilden, und auch dies stellte andererseits so etwas wie eine Verpflichtung dar. Was in den USA kaum zählte.

Kurz streifte sie der Gedanke an die kleine Szene von vorhin, in der Bar, als sie diesem umwerfenden Beau namens Viktor – natürlich war der Süße käuflich, dafür hatte sie im Leben einen Blick entwickelt – kurzerhand beherzt den Zettel in die Brusttasche gesteckt hatte.

Sie spürte in der Erinnerung prompt ihre Wangen brennen, teils vor Verlangen, aber auch von einem leisen Anflug von Scham.

Aber dann sagte sie sich rasch, dass ihr hier auf der *Yolanda* ja niemand auf die Schliche kommen würde.

Dies hier war ein intimer Zirkel, und Leandro obendrein ein langjähriger guter Bekannter, dem sie vertrauen konnte. Er hatte sicher alle Vorsicht walten lassen, ehe er einen Mann wie Viktor an Bord ließ.

Aufdringliche Paparazzi waren mit Sicherheit ebenfalls keine anwesend, was also sollte schon groß passieren?

Sie würde sich von dem hinreißenden Viktor, der aussah wie ein typischer Latin Lover, ordentlich vernaschen lassen, und damit hatte es sich.

Lust ohne Reue, allein der Gedanke daran machte sie bereits höllisch an. Schlagartig besserte sich auch wieder ihre Laune.

Leise vor sich hin trällernd, schlüpfte Jessy rasch nach nebenan ins Badezimmer und hüpfte direkt unter die Dusche.

Der Beau wird bald mir gehören. Er darf, ja soll mich sogar zum Schwitzen bringen!

Und gegen die verdammte Sonne hilft wohl nur ein hoher Lichtschutzfaktor und leichtere Kleidung.

Als sie wenig später wieder an Deck erschien, trug sie einen schwarzweißen und perfekt geschnittenen Badeanzug – die Designerin war eine Freundin und das edle Teil ein kleines Geschenk für die Reise –, der ihre vorhandenen weiblichen Rundungen bestens zur Geltung brachte.

Zeigen, was man hat, wobei das eine oder andere Minipölsterchen optisch geschickt kaschiert wurde.

Dazu trug Jessy einen Seidenpareo, den sie sich so raffiniert um die Hüften geschlungen hatte, dass er beim Gehen aufreizend um die Schenkel wippte.

Die langen blonden Haare waren hochgesteckt, denn Jessy hatte beschlossen, sich einige Runden im beheizten Swimmingpool zu gönnen.

Sie warf das aus der Kabine mitgebrachte Riesenhandtuch nachlässig auf eine der einladend gepolsterten breiten Sonnenliegen und sah sich um.

Nur einige wenige Leutchen – zwei Männer und eine Frau – hielten sich am anderen Ende des Pools auf, wo sie sich angeregt miteinander unterhielten.

Niemand schien Jessy im Moment zu beobachten oder ihr die geringste Aufmerksamkeit zu schenken.

Nun gut, es war ohnehin Zeit für ihre tägliche Stretch-Gymnastik und das anschließende Fitnesstraining. Beide Übungen würden nun im Schwimmen zusammengefasst werden.

Sie legte den Pareo ab und stieg über eine Aluminiumleiter ins Wasser, wobei sie sich einen Moment lang fragte, was wohl Haut und Haare zu dieser ungewohnten »Kur« sagen würden.

Drinnen war es wohltemperiert und fühlte sich damit doch erfrischender an, als der Hinweis »beheizt« sie hatte befürchten lassen. Es war sogar ausgesprochen herrlich!

Während sie die ersten kräftigen Schwimmzüge ausprobierte, merkte Jessy, wie ihre Haut bereits freudig auf das sanfte Streicheln durch das Wasser reagierte. Das wohlige Gefühl regte ihre Lebensgeister noch zusätzlich an.

Die Schwerkraft schien in dem Pool ihre Macht verloren zu haben, sämtlichen Gliedern schien plötzlich eine wunderbare Leichtigkeit verliehen …

Und dann war sie auf einmal voll da – *die heftige Lust auf eine Runde schweißtreibenden Sex!*

Es war, als hätte jemand einen Schalter umgelegt, auf *ON* geschaltet. Und schon geriet der Hormonhaushalt in heftige Turbulenzen.

Hoffentlich lässt sich der Beau einige neckische Verführungsspielchen einfallen, einfach so in die Kiste zu hüpfen ist im Grunde langweilig.

Jessy griff mit einer Hand nach unten und schob den Zwickel ihres Badeanzugs so weit zur Seite, dass das Wasser direkt an ihre Muschi herankommen und sie dort ebenfalls sanft streicheln konnte.

Ein Weilchen schwamm sie so, nur mit einem Arm die Balance im Wasser haltend, während die andere Hand den Badeanzug davor bewahrte, erneut die spürbar anschwellende Klitoris und die äußeren Schamlippen zu bedecken.

Die Beinbewegungen wurden zusehends kräftiger, wodurch Jessy nicht nur schneller im Pool vorankam, sondern der wellenförmige Ansturm des Wassers während des Schwimmens auch ihre Muschi heftiger massierte.

Uuuhh, das fühlt sich wirklich verdammt gut an!

Probeweise ließ sie den mittleren Finger leichten Druck auf die Kliti ausüben, dann sanft dabei vor- und zurückgleiten, die härter werdende Perle immer stärker reibend.

Wow, was tue ich hier eigentlich?

Neckische Wasserspielchen »for one« *erfinden?*

Oder im Do-it-yourself-Verfahren das erledigen, was eigentlich die Aufgabe des Beau ist ... Wo steckt der Kerl überhaupt?

Hatte ihn ihre kleine schriftliche Aufforderung etwa so aus dem Konzept gebracht, dass er sich anschließend in seiner Kabine ein Ruhepäuschen genehmigen musste?

Oder warf er vorsichtshalber schon mal eine Runde Viagra ein, eventuell gewürzt mit einer Prise Kokain?

Einer wie er wusste mit Sicherheit, dass er jemandem wie ihr schon etwas bieten musste in puncto Ausdauer und überhaupt.

An dieser Stelle musste Jessy kichern und hätte fast einen Mund voll Chlorwasser verschluckt, was sie ein wenig ernüchterte.

Leise glucksend begann sie erneut ihre Perle zu reiben, die sich daraufhin spürbar weiter aufrichtete und einen Lustschauer durch Jessys unteres Becken jagte.

Schließlich hielt sie es nicht mehr länger aus und schob den mittleren Finger zuerst nur ein Stück weit in ihr klaffendes Loch, das den Eindringling begierig aufnahm.

Wieder vollführte Jessy mit den Beinen einige kräftige Schwimmbewegungen, deren Wirkung sich prompt auch in der Vagina zeigten, so dass die Muskeln dort drinnen den unschuldigen Finger massierten, der, wenn er ein Männerschwanz gewesen wäre, sicher seine helle Freude an der Übung gehabt hätte.

Sie massierte aber anschließend lieber wieder ein Weilchen die deutlich geschwollene Kliti, was zusammen mit dem Streicheln des Wassers beim Schwimmen die Lust heftiger entfachte als der versenkte Finger in der Möse. Dort hinein gehörte eindeutig ein langer, dicker Männerschwanz.

Und Jessy wusste auch schon, welcher!

Dies hier war nur eine kleine erotische Aufwärmübung, wenn auch eine ganz schön raffinierte und stimulierende, sie musste sogar aufpassen, nicht plötzlich zu kommen, vor allem wenn sie sich, wie jetzt gerade, Viktor vorstellte, wie er nackt und mit vollkommen erigiertem Schwanz zu ihr in den Pool kletterte und das Wasserspiel seinem ultimativen Höhepunkt zustrebte.

Sie strich wieder und kräftiger über die steife Kliti, die unter Wasser unmittelbarer reagierte als normalerweise.

Die Aktion rief denn auch einen weiteren heftigen Lustschauer im gesamten Delta hervor, der durch einen gleichzeitig erfolgenden kräftigen Schenkelstoß beim Schwimmen abermals verstärkt wurde.

Jessy ertappte sich dabei, wie sie aufstöhnte vor Lust, dabei geriet wieder einmal Wasser in ihren Mund und rief ein lustig gurgelndes Geräusch hervor.

Sie blinzelte rasch hinüber zu den Leuten am anderen

Ende des Pools, aber die schienen sie gar nicht zu beachten, so vertieft waren sie in ihr Gespräch.

Schwimm einfach weiter, keiner kann sehen, was du da unten im Wasser und zwischen deinen Schenkeln treibst.

Und selbst wenn – stell dir nur mal vor, dort unten am Beckenboden schnorchelte gerade ein Prachtexemplar von einem geilen Schwanz herum, an dem auch noch ein ansehnlicher Kerl mit einem gut trainierten Body dranhängt – was der jetzt wohl für große Augen machen würde?

Der Gedanke alleine ließ sie tatsächlich vor Lust erschauern. Sie bekam sogar eine richtige Gänsehaut davon, und das im warmen Wasser!

Obendrein spürte sie ihre Muskeln immer mehr entspannen und einen leichten Harndrang. Wobei sie aus Erfahrung wusste, dass dies die Vorstufe zu einer weiteren Lustwelle war.

Wenn es ihr gelang, die Beckenmuskulatur noch ein klein wenig mehr zu lockern, würden zwangsläufig einige Tröpfchen Urin austreten, und dieser Vorgang rief unweigerlich ein äußerst lustvolles Ziehen im Unterbauch hervor, noch dazu, wo sich dies alles im Wasser und während des Schwimmens abspielte.

Sie hatte so etwas Ähnliches zum ersten Mal vor vielen Jahren erlebt, als noch weitgehend unerfahrener Teenager, der mit seinen Eltern einen Karibikurlaub hatte verbringen dürfen.

Im fast lauwarmen Meereswasser vor der Küste Martiniques – und nach dem Genuss einiger Gläschen köstlichem Rumpunsch – war es dann passiert, überraschend für das junge Mädchen und völlig spontan.

Sie hatte damals beim Schwimmen im karibischen Meer tatsächlich einen ungewöhnlich heftigen Höhepunkt erlebt.

Seitdem hatte sie das Erlebnis beinahe vergessen, an Englands Küsten war das Wasser selbst im Hochsommer nicht warm genug, um beim Schwimmen an derartige Reminiszenzen anknüpfen zu wollen. Aber hier im beheizten Pool kam die lustvolle Erinnerung zurück und wollte auf der Stelle aufgefrischt werden, wie es schien.

Alles, wessen es dazu bedarf, war neben der wohligen Entspannung im Wasser tatsächlich eine Art konzentrierte Hingabe an den eigenen Körper.

Einfach einmal jeden Gedanken ausblenden, nur fühlen, diese entspannte Form von Konzentration dann hinunter zwischen die Beine lenken, spüren, wie das Wasser dort sanft die Muschi streichelt, sich auf dieses Gefühl einlassen, dann mit einer Hand, oder auch beiden – da müssen eben die Beine kräftiger arbeiten, um über Wasser zu bleiben – die äußeren Schamlippen spreizen, damit das Wasser während des Schwimmens tiefer vordringen kann.

Dem leichten, aber beharrlichen Harndrang immer noch ein wenig mehr nachgeben, als wollte man tatsächlich pinkeln … Ja, da kommt sie auch schon daher, die Lust, in kleinen Wellen zuerst, zieht sich wie verschämt erneut zurück, brandet aber dann sofort wieder auf. Denn der Körper will mehr, viel mehr, kommt nach dem anfänglichen Zögern auf den Geschmack und immer mehr in Fahrt.

Nur ein wenig zwischendurch mit zwei Fingern über die Perle reiben, ein klein wenig kräftiger, und noch ein bisschen stärker, ja, so, genau so … oh jaaa … und es macht sich bereits ein kleineres Vorbeben im goldenen Delta bemerkbar.

Jessy hätte schnurren mögen vor Wohlbehagen, sie hatte sich schon lange nicht mehr so ausgeglichen und wohl und gleichzeitig lustvoll erregt gefühlt.

Sie spürte, wie hart auch ihre Brustnippel mittlerweile geworden waren, sie stießen und rieben sich am verstärkten Oberteil des Badeanzugs. Ein Vorgang, der gleichfalls lustverstärkend wirkte, bis hinunter zwischen die Beine reichte die zusätzliche Stimulation.

Als Nächstes bemerkte Jessy die unter Wasser befindlichen Düsen, die an den umlaufenden Beckenrändern des Swimmingpools für das Umwälzen des Wassers sorgten.

Hier tat sich eine weitere willkommene Quelle als Freudenspender auf.

Wieder musste Jessy leise kichern, als sie jetzt näher an den Beckenrand heranschwamm – weit genug entfernt von den Leutchen am anderen Ende.

Sie hielt sich mit einer Hand an der Aluminiumhaltestange fest, die den gesamten Pool umlief.

Gastgeber Leandro hatte wirklich an alles gedacht … man musste nur darauf kommen, die angebotenen kleinen Bequemlichkeiten auch entsprechend zu nutzen.

Jetzt brauchte sie nur noch leicht Wasser zu treten,

nur der Kopf blieb hübsch draußen an der frischen Luft, während der Rest des Körpers im wohltemperierten Nass schwelgte.

Und die freie Hand zerrte erneut den lästigen Badeanzug zur Seite, das Möschen befand sich jetzt ziemlich genau auf Höhe einer der Düsen, aus welcher ein kräftiger Strahl hervorschoss.

Himmel ja, das ist es! Darauf muss man erst mal kommen, dabei ist es doch im Grunde so einfach … und so lustvoll noch dazu, kaum zu glauben …

Der warme quirlige Strahl ließ der mittlerweile weit geöffneten Rosenblüte samt dem Schwengelchen in der Mitte eine heftige und doch auch sanft liebkosende Massage zukommen.

Sogar bis in das gierig wartende Loch hinein schien das Wasser bisweilen zu dringen. Wenn es wieder ausfloss, fühlte es sich an wie ein warmer dicker Strahl Urin.

Möglicherweise war dem mittlerweile auch tatsächlich so, Jessy konnte nicht mehr unterscheiden, wo die Grenze verlief zwischen dem Wasser im Pool und ihren fließenden Körpersäften, denn die Lust wurde jetzt zunehmend stärker und mitreißender.

Sie fühlte den Orgasmus nahen mit einer Urgewalt, die sie bis jetzt höchstens einmal beim Eindringen eines harten, dicken und sehr großen Männerschwanzes erlebt hatte.

Letzterer gehörte zu einem schönen schwarzen Mann mit neckischen Rastalöckchen.

Sie hatte ihn eines Tages in London im Covent Garden aufgegabelt und sich umstandslos noch am selben Abend von ihm vögeln lassen.

Mit Gummi natürlich, aber das hatte ihrer grenzenlosen Lust keinen Abbruch getan, es waren schließlich die Größe, sprich die enorme Länge und der Dicke- und Härtegrad gewesen, die das Kunststück vollbracht hatten.

Und das Feuer und die Kräfte in den Lenden des schönen *Black Guy*, ganz klar!

Die unbändige Lust zwischen ihren Beinen machte Jessy mutig und geradezu tollkühn, wenigstens in ihren sündigen Gedanken, die niemanden etwas angingen, die allein ihr gehörten!

Sie fühlte sich stark und schön und unendlich weiblich und unendlich zu Hause in ihrem vor Lust angeschwollenen Leib.

Das Leben konnte so herrlich sein.

Ein heftiger Schauer durchrieselte Jessy in diesem Augenblick von Kopf bis Fuß, beinahe wäre ihr ein Lustschrei entschlüpft.

Jetzt war es jeden Moment so weit, sie spürte, wie eine heiße Welle sie bereits fortzureißen drohte.

Aber sie wollte noch nicht kommen, wollte sich noch ein wenig länger an der Grenze zur Lustexplosion entlanghangeln, dieses unbeschreiblich schwebende, schwerelose Körpergefühl auskosten, ehe sie sich dem erlösenden Orgasmus überließ. Schließlich waren solche Momente der höchsten orgastischen Lust im Leben so selten wie kostbare und schwarz glänzende echte Perlen!

Ob mit oder ohne Partner, darauf kam es in erster Linie gar nicht an – auch dies eine nette kleine Entdeckung, die zu machen sich allemal lohnte.

Warum bloß verschwieg die erotische Literatur normalerweise solche Freuden, die man mit sich selbst so wunderbar teilen konnte?

Jessy nahm sich in diesem Augenblick spontan vor, diese Form eines erotischen Erlebnisses in den nächsten Tagen in ihrer Kabine zu Papier zu bringen.

Vielleicht tat sich hier ja das Tor auf zu einer zweiten Karriere auf?

Das Schreiben von pornografischer Literatur war bis ins höhere und hohe Alter hinein möglich, Erotik sicher auch, zumindest im Kopf!

12

VIKTOR

Ach, in den Pool hat sich das Täubchen also gestürzt?

Braves Mädchen, das gefällt mir, somit entfallen das alberne Gesäusel an der Bar und die ewigen langweiligen wortreichen Plänkeleien, die in dieser Gesellschaftsschicht als *Flirt* bezeichnet werden.

Der Pool gibt so viel mehr her als Ort intimer Begegnung.

Außerdem kenne ich mich mit *Wasserspielen* aus, vor allem seit meiner Zeit in Los Angeles.

Maya hatte damals etliche Klientinnen, die prachtvolle Villen besaßen. Selbstverständlich alle mit Pool und Bar darinnen ausgestattet, inklusive Whirlpool und anderen Annehmlichkeiten.

Solche Damen baten gerne einmal zum mitternächtlichen Rendezvous am Swimmingpool.

Was nichts anderes hieß, als dass ich gleich leger bekleidet auftreten und die Muskeln spielen lassen konnte: *zeigen, was Mann hat!*

Okay, Süße, sieh her, ich werde mich jetzt langsam Stück für Stück ausziehen …

Zuerst das sexy Muskelshirt, dann die leichten Sommerstiefel (aus atmungsaktivem Spezialsegeltuch, der Fußfrische wegen) – und zuletzt die engen Jeans.

Darunter trage ich eine Designerbadehose – Calvin Klein –, bestens vorbereitet auf alle Lebenslagen, wie ich nun mal stets bin.

Das teure Stück ist knapp, aber gut geschnitten, damit der Inhalt auch appetitlich anzusehen ist. Gut geformt, mit leichtem Push-up-Effekt, wie ein raffinierter BH.

Das sieht einfach besser aus und wirkt appetitanregend.

Gleiches Recht für alle, was nicht heißen soll, dass ich es nötig hätte, aber warum sollte ich die Angebote der Modebranche nicht nutzen?

Aber hallo! Das Täubchen ist so sehr mit sich beschäftigt, die hat mich noch gar nicht bemerkt. Dabei konnte sie vorhin gar nicht schnell genug den verräterischen Zettel an meiner Brust deponieren …

Ich glaube, mir dämmert da ein leiser, schmutziger Verdacht … *Sie spielt an sich herum?*

Armes Mädchen!

Ich sehe, du hast es dringend nötig, deshalb auch die Eile vorhin, damit dir nur keine andere zuvorkommen konnte.

Noella hattest du auch scharf im Auge, sie erschien dir wohl als Rivalin durchaus gefährlich zu sein?

Keine Sorge, mein Schätzchen!

Ich kenne meine Aufgabe hier an Bord, die würde ich nie vernachlässigen, nicht einmal für Noella, Patricks Herzensprinzessin.

So, ich lasse mich jetzt leise vom Beckenrand hinter deinem entzückenden Rücken ins Wasser gleiten und werde gleich mal auf eine kleine Tauchtour gehen, nur um zu sehen, ob ich etwa Recht habe mit meinem Verdacht …

Oho! Mylady treiben es aber wild hier unter Wasser!

Unsere kleine Engländerin, sieh mal einer an, sie lässt es krachen, still und heimlich und doch gewissermaßen in aller Öffentlichkeit, ich bin hingerissen von so viel erotischer Power!

Ich hatte ihr ja schon einiges zugetraut, aber dies dann doch nicht.

Irgendwie dachte ich, diese schöne kühle Engländerin würde es nur hinter der hermetisch verschlossenen Kabinentür und bei vorgezogenen Gardinen treiben. Und eingeschalteter Klimaanlage, versteht sich.

Kleine Engländerinnen lieben es erfahrungsgemäß eher kühl.

Sie hält übrigens ein allerliebstes Pussykätzchen zwischen ihren festen Schenkeln versteckt, und es ist nicht vollkommen kahl rasiert wie bei den meisten Amerikanerinnen. Eine echte Blondine ist sie offensichtlich auch, die Lady offenbart mir da soeben alle ihre Geheimnisse – und ahnt doch nicht, dass sich ihr von der rechten Seite her soeben ein großer, hungriger Raubfisch nähert, bereit, sich auf die leckere Beute zu stürzen mit seinem bereits aufgestellten Stachel.

Halt, Viktor!

Reiß dich zusammen … Sie will verführt werden, nicht überrumpelt, hast du den Zettel nicht richtig gelesen?

Doch, habe ich.

Ich muss ohnehin auftauchen und Luft holen, sie hat noch nichts bemerkt von meiner Anwesenheit, ich schwimme und tauche völlig lautlos.

Ja, streichle dich nur richtig schön in Fahrt, Schätzchen, das erleichtert mir anschließend den Job.

Leider kann ich die kleine Szene hier unter Wasser jetzt nicht fotografieren.

Wirklich schade.

Vielleicht würde es Jessy amüsieren, wenn ich plötzlich zwischen ihren Beinen auftauchte?

Lass es, keine Experimente, du bist im Dienst, Mann!

Na schön, ich werde mich durch leises Plätschern bemerkbar machen, wenn ich sie jetzt von hinten oder unten oder schräg seitlich plötzlich anschwimme, geht sie mir am Ende vor Schreck noch unter.

Also doch Kraulen, das hört man.

Oder – nein, ich glaube es ist besser, sie noch ein bisschen mit sich selbst spielen zu lassen.

Verführung im Swimmingpool, ein hübscher Titel für einen Erotikfilm übrigens.

Ich lasse besser schon mal meine Fantasie warmlaufen, in Kürze kommt mein Einsatz.

Fantasie ist in der Erotik und beim Sex mindestens so wichtig, ja geradezu unentbehrlich, wie bei jeder anderen künstlerischen Tätigkeit auch.

Und sexuelle Verführung ohne Fantasie ist schlichtweg nicht möglich.

Erotische Fantasie und Fantasien: das Intimste, was ein Liebespaar miteinander teilen kann.

Nicht die Geschlechtsorgane oder deren bloßer Gebrauch erwecken beim Sex das Geheimnisvolle, die *Sinnlichkeit*, die wiederum Leidenschaft hervorruft und die Begierde am Kochen hält.

Es sind die Fantasien vorher und nachher.

Wer seine Liebesbeziehung dauerhaft am Leben erhalten und tiefstes Glück zugleich schenken will, kommt nicht darum herum: Man muss fähig und willens sein, seine intimsten Träume, Bilder, Hoffnungen und Wünsche mit dem geliebten Partner zu teilen.

In der Liebe gibt es keine Tabus, keine Verbote, keine Grenzen, nur solche, die man sich selbst oder einander setzt.

Mein Freund Patrick hat das kapiert, wie mir scheint.

Ihm ist ein kleines Kunststück gelungen, für das ich ihn und die Herzensprinzessin bewundere und um das ich sie zugleich auch beneide.

Die beiden haben es über eine wochenlange Trennungsperiode hinweg geschafft, sich gegenseitig viel besser kennen zu lernen und sogar noch heftiger zu begehren als vorher.

Und wodurch?

Indem sie einander ihre erotischen Wunschfantasien per E-Mail gebeichtet haben.

Klingt einfach?

Sollte es sein, könnte es sein, und ist es doch so oft gerade eben nicht!

Patrick hat mich anfangs sogar um Rat gefragt: ob es denn nicht eventuell sogar Schaden anrichten könne, wenn er Noella dermaßen »nahetrete«.

Lieber Freund, habe ich ihm damals ohne groß nachzudenken geraten, *wenn sie sich darüber aufregen sollte, dass du ihr deine intimsten Wünsche beichtest, dann tu dir und mir und ihr einen Gefallen, und lass sie sausen. In dem Fall ist sie nämlich einfach nicht die richtige Herzensprinzessin für dich.*

Erst einige Tage später habe ich dann angefangen, mal verschärft über das Thema nachzudenken.

Dabei ist mir aufgefallen, dass ich es bis heute noch nicht einmal im Leben fertig gebracht habe, einer Frau meines Herzens intime Wünsche zu gestehen.

Vielleicht liegt es an deinem Nebenberuf, Viktor?

Das habe ich mich natürlich auch gefragt, weil es immerhin naheliegt. Und tatsächlich kam ich auf eine Antwort.

Ich meine, so richtig zutiefst verliebt war ich erst ein einziges Mal, und das mit gerade einmal siebzehn.

Viel zu jung also, um überhaupt zu wissen, was Intimität bedeutet oder im besten Falle bedeuten kann.

Intime Wünsche, intime Fantasien, die man auch noch mit einem anderen Menschen teilt.

Ein kleines Gedankenexperiment: *Kannst du dir vorstellen, Viktor, dieser kleinen Engländerin Jessy jetzt und hier im Pool direkt und ohne Umschweife eine wirkliche Intimität ins Ohr zu raunen? Etwas, was du bisher noch keiner Frau verraten hast? Kannst du dir weiter vorstellen, dann mit Jessy zusammen anschließend diesen Wunsch auf der Stelle auch auszuleben?*

Nein! O Himmel, nein!

Letzteres schon gar nicht. Ich sehe diese blonde Engländerin als Klientin, die glücklicherweise appetitlich genug gebaut ist, um den Job angenehm erscheinen zu lassen, aber mehr auch nicht.

Sogar mein bestes Stück war gerade zu Tode erschreckt, dabei war er doch bereits auf dem besten Weg in die gewohnte Arbeitshaltung … Habt Acht, Kamerad! Standarte hoch und zum Angriff geblasen …

Verdammt, verdammt, verdammt! Ich kann es nicht, das nicht, ausgerechnet das nicht …

Ich kann sie vögeln, bis sie schreit, ich kann ihr kleine Obszönitäten ins Ohr flüstern, *Dirty Talking*, die Amerikanerinnen lieben es im Bett und im Pool und unterwegs im Wagen auf den endlosen Highways, all das beherrsche ich aus dem Effeff, auf Knopfdruck sozusagen.

Aber eine echte intime erotische Fantasie preisgeben und dann auch noch umsetzen?

Nein, das kann ich nicht, das will ich nicht, da macht mein Schwanz nicht mit, der geht vorab schon auf Tauchstation.

Es liegt nicht an Jessy als Frau und Person, sie ist immerhin blond und auch üppig genug, um meine Hormone anzukurbeln.

Auch die gewohnten Filme im Kopf kann ich jederzeit abrufen, aber mit ihr *wirklich darüber sprechen?*

Das kann ich nicht, und das will ich auch nicht.

Wenn ich meinen Job machen will wie gewohnt und erwartet, stelle ich mir jetzt besser mal sofort wieder vor, wir beide wären die Hauptdarsteller in dem Pornostreifen »Verführung im Swimmingpool«. Der Regisseur ruft gerade mit donnernder Stimme im Hintergrund: »Achtung, Klappe! Und Kamera läuft.«

»Hi, schöne Wassernixe! Welche Art von Gymnastik treibst du denn da an der Haltestange?«

Er hatte eben noch hinter ihr eine kleine Runde gekrault, damit sie hören konnte, dass da jetzt jemand im Pool schwamm und sich ihr langsam auch näherte.

Sie ließ sich träge auf den Rücken gleiten und sah ihm lächelnd entgegen.

»Hi, Viktor! Suchst du etwa eine kleine Abkühlung?« Jessy lachte herausfordernd.

Spätestens jetzt war Viktor klar, dass es keiner großartigen Verführungsszene mehr bedurfte.

Die Nixe war heiß, sie hatte sich selbst in einen Zustand hineinversetzt, der nach Vollendung schrie, es war ihre eigene Schuld, und sie wusste es.

Er schwamm näher heran und tauchte dann, kurz ehe er sie erreichte, einfach ab.

Unter Wasser hörte er sie lachen, schließlich rufen. »He, was treibst du denn da unten? Untersteh dich ja nicht, mich unterzutauchen, hörst du?«

Die Worte drangen zwar gedämpft an seine Ohren, aber er verstand jedes einzelne.

Keine Sorge, Baby! Ich bin keine siebzehn mehr. Heutzutage laufen die Balzrituale anders ab. Vor allem, wenn man sich ohnehin schon einig ist.

Er tauchte an sie heran und schob dann den Badeanzug an derselben Stelle und mit zwei Fingern zur Seite, wie sie es vorhin selbst getan hatte.

Oben hörte er sie jetzt wieder lachen, es klang zwar überrascht, aber es war eindeutig Lachen!

Sie war also einverstanden mit der Ouvertüre, er durfte weitermachen.

Seine Zunge war Spiele wie diese gewöhnt und äußerst geschickt von der jahrelangen Übung. Sie erforschte jetzt ebenso rasch wie versiert die rosafarbene Muschel, leckte einmal kräftig über die Perle, die sich sofort aufrichtete – und dann war es an der Zeit, allmählich an die Oberfläche zu kommen, um Luft zu holen.

Beim Auftauchen streifte sein muskulöser Oberkörper die beiden prächtigen Hügel unter dem Oberteil des Badeanzugs. Auch hatte er noch genug Luft in der Lunge, um rasch beide Hände um Jessys Brüste zu legen, kurz mit den Daumen da hineinzufahren und die feuchten Nippel zu reizen … dann war er auch schon oben – und Mund an Mund mit Jessy.

»Also wirklich, mein Herr!«, murmelte sie dicht an seinen Lippen und kicherte leise.

Er verschloss ihr daraufhin diese frechen feuchten Lippen, schob ihr aber gleichzeitig auch die Zunge dazwischen und küsste sie ein Weilchen neckisch.

Das schien ihr ebenfalls zu gefallen, aber irgendwann unterbrach sie plötzlich den Kuss, sah ihm tief in die Augen und lächelte herausfordernd und äußerst vielsagend. Das hatte sie tatsächlich gut drauf, jeder Mann an seiner Stelle würde nun wissen, was als Nächstes zu kommen hatte.

»Pass auf, ich nehme mir jetzt das, worauf wir beide scharf sind«, raunte sie. »Wozu warten?«

Er tat natürlich so, als wäre er überrascht, und blinzelte. »Aber …«

»Kein Aber!«, wies Jessy ihn sofort zurecht. »Vor allem aber kein Laut, okay? Da drüben sind Leute, die brauchen schließlich nichts von unserem kleinen Spielchen hier mitzubekommen!«

Dann umarmte sie ihn im Wasser und schlang auch schon ihre kräftigen Beine schlangengleich um seine Hüften – er konnte gerade noch nach der Haltestange am Rand greifen, sonst wäre er glatt untergegangen – und schob ihren Badeanzug wieder einmal zur Seite.

»I will fuck you now, Honey!«, keuchte sie.

Na klar, was denn sonst, Babe!

Sie war erstaunlich geschickt. Im Nu hatte sie auch Viktors mittlerweile steifen Schwanz aus dem Badeslip geholt – der wie immer wusste, wann er musste, und zuverlässig reagierte – und sich im nächsten Moment einverleibt.

Bevor Viktor richtig mitbekam, wie ihm da geschah, spürte er auch schon ihre heftigen Kontraktionen, die sein bestes Stück kräftig genug massierten, um eine erste recht nette Lustattacke hervorzurufen.

Ehe er sich jedoch Hoffnung auf mehr machen konnte, war es auch schon vorbei.

»Thank you very much, dear!«, sagte Jessy doch tatsächlich und kicherte erneut, als sie ihn kurz darauf aus ihrer Möse wieder entließ.

Es schien ihr tatsächlich ein bisschen peinlich zu sein, eben wie die sprichwörtliche Rakete abgegangen zu sein.

»Wir wiederholen das bei Gelegenheit, aber dann im Trockenen und hübsch langsam, versprochen, Darling!«

Sie verpackte sogar artig seinen immer noch steifen Schwanz einigermaßen ordentlich wieder im Badeslip.

Viktor war immer noch dermaßen baff, dass er anschließend tatsächlich die von ihr vorgeschlagenen zwei bis drei Poolrunden drehte, ehe er aus dem Wasser kletterte.

Mittlerweile war Jessy natürlich längst von der Bildfläche verschwunden.

Das abendliche Dinner würde bald beginnen.

Und was eine echte britische Lady war, die warf sich dazu vorher extra in Schale, ganz klar.

Er war gerade dabei, sich abzutrocknen, ehe er wieder in seine Kleidung stieg. Da bemerkte er den Schatten neben sich auf den weißen Schiffsplanken.

»Wie hast du es bloß geschafft, in diesen hübschen Stiefeln an Bord zu kommen, mein Lieber? Bist du über die Reling geflogen, oder hat man dich getragen? Jeder andere Gast musste in leichtes Schuhwerk steigen, um das kostbare Schiffsdeck nicht zu beschädigen!«

Er drehte sich nicht um, lachte nur, dann sagte er: »Hallo, Maya! Die Stiefel sind aus leichtem Segeltuch und mit einer schiffstauglichen Spezialsohle bestückt. Sonderanfertigung. Nicht billig, aber es lohnt sich, wie du siehst.«

Sie stand jetzt dicht neben ihm, und er konnte ihren Duft riechen. Eine Erinnerung streifte ihn, und er konnte nicht verhindern, dass er in diesem Moment erneut einen Steifen bekam. Zum Glück steckte er aber bereits in der engen Jeans, die hielt den Kerl wenigstens unten, auch wenn die Jeans sich vorne deutlich ausbeulte.

Viktor griff rasch nach seinem T-Shirt und hielt es sich vor den Bauch wie ein Handtuch.

»Ich konnte es kaum glauben, als ich dich vorhin in der Bar erkannte«, sagte Maya jetzt so leise, dass er genau hinhören musste, um sie überhaupt zu verstehen.

»Ich war nicht weniger überrascht, dich zu sehen, das darfst du mir glauben. Und dann noch in dieser ziemlich vierschrötigen Begleitung. Gehen die Geschäfte so mies in letzter Zeit, Maya, oder was ist los? Hast du so etwas auf einmal nötig?«

Sie sog scharf die Luft ein, das konnte er nur allzu deutlich hören. Allerdings hatte er schon immer Spaß daran gehabt, sie zu provozieren, wenn sich eine Gelegenheit dazu bot.

Sie konnte so aufreizend cool und arrogant rüberkommen, die schöne Maya Brown, das reizte ihn, hatte ihn von Anfang an gereizt. Genauso wie ihr wirklich umwerfender Duft.

»Im Prinzip geht dich das eigentlich gar nichts an, Viktor, oder?«, gab sie jetzt zurück. Wobei, oha!, ihre Stimme tatsächlich zitterte.

Das war ihr früher nie passiert, niemals!

Plötzlich tat es ihm leid, sie so schwach angesprochen zu haben.

Zum Teufel nochmal, er mochte sie schließlich, und

eigentlich sogar ein bisschen mehr als das, sie hatten eine Menge Spaß miteinander gehabt in gewissen Nächten. Zumindest sein Schwanz reagierte völlig natürlich auf ihre Anwesenheit, nämlich steif wie der Teufel.

So steif, wie er für eine Klientin niemals wurde, viel zu steif, fast schon schmerzhaft steif, um die Wahrheit zu sagen.

»Hör mal, Kätzchen, es tut mir leid! Ich wollte dir nicht zu nahe treten, das ist mir eben so rausgerutscht. Früher hast du über meine kleinen Frechheiten immer herzhaft gelacht. Ich schätze, ich vermisse dieses Lachen und wollte es mal wieder hören.«

»Mir ist aber nicht zum Lachen, Viktor, ganz und gar nicht!«

Jetzt klingelten bei ihm sämtliche Alarmglocken, sein Herz zog sich zusammen, so etwas wie Beschützerinstinkt meldete sich in ihm. Und dieses Gefühl irritierte ihn, weil es ihm einigermaßen neu und daher fremd war …

»Maya, sag schon, was ist los?«

»Das kann ich nicht, am Ende hört uns noch jemand zu. Aber unter Umständen werde ich dich in den nächsten Tagen um einen kleinen Gefallen bitten müssen.«

»Kein Problem. Wenn ich dir helfen kann, dann mache ich das auch, mit Freuden sogar, Maya.«

Sie machte einige Schritte, ging dann in einem seitlichen Bogen um Viktor herum, bückte sich plötzlich und hob seine Stiefel hoch.

»Tatsächlich! Wie leicht die sind! Segeltuch also mit Spezialsohlen, so, so. Klingt irgendwie abgefahren, wie in einem James-Bond-Film! Wenn ich nicht wüsste, was für ein verrückter Hund du sein kannst, würde ich sagen, du lügst, Viktor!«

Er grinste und wollte nach seinem Schuhwerk greifen, aber sie ließ es nicht zu. Stattdessen lugte sie jetzt auch noch neugierig in den linken Stiefel hinein. Ausgerechnet ...

»He, was machst du denn? Ich würde jetzt gerne da wieder reinschlüpfen, barfuss zum Dinner, das gehört sich nicht für einen Gentleman«, versuchte er zu scherzen.

Sie sah ihm jetzt direkt in die Augen. Dann sagte sie so leise, dass er die Worte regelrecht von ihren Lippen ablesen musste: »Wo hast du die Kamera versteckt, Viktor?«

Er erinnerte sich jetzt wieder an jene heiße Nacht, in der er ihr einst sein kleines Geheimnis verraten hatte.

Irgendwann später wollte sie dann auch einmal einige der intimen Fotos sehen, die er so im Laufe der Zeit gemacht hatte.

Auch diese Bitte hatte er ihr nicht abgeschlagen.

Eigentlich hatte er Maya damals, wenn überhaupt, höchst selten einmal etwas abgeschlagen.

Komisch, warum fiel ihm das erst heute an Bord der *Yolanda* auf?

Er streckte die Hand aus und nahm ihr die Stiefel nun wirklich ab.

»Keine Sorge, Kätzchen, sie ist da. Und so winzig, wie es die modernste Technik mittlerweile möglich macht. Schweineteuer natürlich auch, aber was soll's, dafür lässt sie sich leicht verstecken. Ganz in James-Bond-Manier, wie du eben so schön sagtest.«

Immer noch grinsend, schlüpfte er vor ihren Augen vorsichtig in sein Schuhwerk. Sie sah ihm aufmerksam dabei zu, und er erinnerte sich jetzt auch wieder daran, dass sie ihm einmal verraten hatte, wie sexy sie seine Füße fand.

Manchmal hatte sie vor dem Sex sogar ausgiebig seine Zehen gelutscht. Oder ihn gebeten, mit deren Hilfe ihre Möse zu erforschen, wobei Maya voll darauf abgefahren war, wenn er eine der großen Zehe dann irgendwann so weit wie nur möglich in sie hineingeschoben hatte.

Tatsächlich hatte er diese Zehenspielchen weder vorher noch nachher mit irgendeiner anderen Frau gespielt.

Immer nur mit Maya.

»Ich werde auf dein Hilfsangebot demnächst zurückkommen, Viktor!«, sagte sie jetzt. Dann drehte sie sich abrupt um und ging.

Er stand da und starrte ihr nach und fragte sich, ob er eben dabei war, in eine Falle zu tappen.

13

NOELLA

Wir sind jetzt seit drei Tagen an Bord und fast genauso lange auf See.

Ich muss sagen, viel habe ich noch nicht mitbekommen vom Bordleben. Außerhalb der Bar und unserer Kajüte, meine ich.

Patrick und ich schieben ja meistens Dienst an der Bar – natürlich gibt es für uns Pausen, in denen ein anderes Team arbeitet, aber mein Sweetheart ist der verantwortliche Manager – für diesen Job wurde er angeheuert.

Während meine Wenigkeit den freien Aufenthalt an Bord, wie gesagt, dem Umstand zu verdanken hat, Patricks *Girlfriend* zu sein und ihm – als weiteres Alibi – hinter der Bar als Assistentin zur Hand zu gehen.

Es ist ganz schön viel zu tun!

Ich gestehe ehrlich, ich hatte den Job des Barkeepers bis jetzt immer noch unterschätzt, trotz aller Recherchen, die ich für meine Diplomarbeit betrieben hatte. Das war die Theorie, jetzt erlebe ich die Praxis, hautnah.

Es genügt ja nicht, sich mit den gerade angesagtesten Cocktails und deren Zubereitung auszukennen, das wird ohnehin vorausgesetzt.

Jeder wirklich gute Barkeeper sollte darüber hinaus über ein beachtliches Repertoire an verschiedensten Rezepturen verfügen, und zwar aus dem Effeff.

Dazu muss er sich selbstverständlich ebenso mit anderen edlen Getränken auskennen, auch Ahnung von einem guten Wein und Champagner haben.

Man kommt nicht darum herum, sich in dem Job über Jahre hinweg ein fundiertes Fachwissen anzueignen.

Man muss obendrein ein wirklich guter Entertainer, witziger und charmanter Plauderer und ein Menschenkenner, sprich Psychologe sein.

Nicht mehr und nicht weniger.

So kann Patrick es einem Gast – männlich oder weiblich ist egal – sofort an der Nasenspitze ablesen, ob ihm der Sinn nach einem aufmunternden Gespräch oder eher nach lockerem Smalltalk steht oder diskretes Schweigen gefordert ist.

Oder ob im schlimmsten Fall sogar die Fähigkeit des verständnisvollen Beichtvaters gewünscht wird.

Aber auch wenn es harmloser abgeht, wie hier an Bord der *Yolanda* und in diesen ersten drei Tagen zumindest – der Barkeeper muss trotzdem ein echter Allrounder sein: gebildet, sich in der Tagespolitik und dem neuesten Gesellschaftsklatsch auskennen, geistreich, witzig, schlagfertig, gewandt, gut aussehend noch dazu. Letzteres vor allem, wenn der Gast eine Dame in Begleitung hat oder selbst weiblich ist.

Tja, eine ganz schöne Herausforderung, nicht wahr?

Ich bewundere meinen Sunnyboy mittlerweile rückhaltlos!

Umso besser wird übrigens unser Sexleben – ich bin nämlich immer besonders scharf auf ihn und deswegen auch richtig wild, wenn ein weiblicher Bordgast ihm mal wieder ungeniert die schönsten Augen und umwerfende Komplimente macht.

Und das kam in diesen drei Tagen für meinen Geschmack schon verdammt oft vor.

Dabei kann ich meine Augen gar nicht überall gleichzeitig haben: Ich möchte daher lieber nicht wissen, was erst so hinter meinem Rücken alles abgeht.

Während ich beispielsweise im Akkord Gläser poliere, bis sie nicht ein einziges Wasserfleckchen mehr aufweisen – Anweisung von Leandro O.berboss! –, oder kiloweise frisches Obst und Gemüse schnipsle, als Deko für die Cocktailgläser oder kleine Zugaben zum gewünschten Drink.

Wenn ich also bis über beide Ohren beschäftigt bin, und auch Patrick voll im Einsatz ist und hinter dem Tresen herumwirbelt, höre ich ihn trotzdem dabei reden und herzhaft lachen und Witzchen reißen.

Ja, es macht mich ungeheuer an, ihm beim Arbeiten zuzuhören und nach Möglichkeit auch zuzusehen!

Ich werde tierisch scharf von seinem Anblick in der schicken weißen Schiffsuniform, die ihm so gut steht.

Mich überkommt regelmäßig ein heftiges Verlangen, ihm mit einer Hand durch die dichten, dunkelblonden Wuschellocken zu fahren, muss mich damit aber natürlich beherrschen, bis wir später endlich alleine in der Kabine unsere wohlverdiente Arbeitspause genießen.

Dann wuschle ich, und er wuschelt, und schließlich landen wir folgerichtig in der Kiste. Aber zurück zum »Barleben«.

Manchmal gelingt es mir, wenn ich ihm die Teller mit den Obst- und Gemüseschnitzen bringe, mich rasch von hinten an ihn zu schmiegen.

Oder gar eine Hand heimlich auf seinen strammen Po in der leichten weißen Hose zu legen.

Oder – lustvoller Gipfel des möglichen Arbeitseinsatzes – die Hand rasch zwischen seinen Oberschenkeln verschwinden zu lassen, um dann einen Griff an die männlichen Kronjuwelen zu wagen: die festen Beutel zu ertasten, darüber den kräftigen Schwengel, der sich bereits leise rührt, wenn meine vorwitzige Hand die Haube für einige Sekunden greifen und sanft darüberreiben kann.

Gelingt mir ein solches Manöver gar kurz vor unserer Pause, dann drehen wir gleich bei der Ankunft in der Kabine die erste Runde.

Weil Patrick dann nämlich schon so aufgegeilt ist – und ich natürlich ebenfalls –, dass wir einfach nicht mehr länger warten können und wollen.

Manchmal reißen wir einander sofort die Kleider vom Leib, kaum dass die Kabinentür hinter uns zugefallen ist.

Patrick hebt mich dann hoch und stürmt mit mir hinüber ins Bad und hinein in die Duschkabine, wo er mich erst wieder auf die Füße stellt und gleichzeitig auch schon den Wasserhahn öffnet.

Wir vögeln anschließend wie wild drauflos unter der Brause und im Stehen. Was den Vorteil hat, wenn die Arbeitsunterbrechung nur kurz sein darf, wie etwa am frühen Abend, dass die größte Gier dann schon mal gestillt und die abendliche Dusche gleichzeitig mit erledigt ist.

Anschließend trocknen wir uns gegenseitig ab, schlüpfen in blütenweiße frische Sachen – vom Kabinensteward auf Anweisung des Big Boss dreimal täglich bereitgelegt – und sind innerhalb einer guten Viertelstunde wieder arbeitsfähig.

Ich hatte, um die Wahrheit zu sagen, vorher nicht gewusst, wie effizient man vögeln und arbeiten kann, wenn man nur will, das heißt über genügend Motivation auf beiden Gebieten verfügt!

Patrick sagt, die geheime Zauberformel heiße ganz einfach *Leidenschaft*

Leidenschaft beim Sex, Leidenschaft in und bei der Arbeit.

Und ich lerne und staune und arbeite und vögle im Akkord und staune noch mehr. Nicht zuletzt über mich selbst und meine sagenhafte Leistungsfähigkeit.

Ich hatte nämlich auch noch nicht gewusst, welche Energien in mir stecken.

Da kommt man frisch von der Uni, hat sein Diplom oder einen vergleichbaren Abschluss endlich in der Tasche, in den vergangenen Studienjahren auch so einiges an Lehr- und anderen Körpern nebenbei durchgevögelt, und glaubt sich schlussendlich am großen Ziel.

Man weiß jetzt so viel, denkt man, nach all den Jahren, im eigenen Fachgebiet wie auch in der Horizontalen, jetzt kann es nur noch darum gehen, das Wissen gewinnbringend anzuwenden, Geld zu verdienen, eine Familie zu gründen und in Ruhe alt zu werden.

Ja, Pustekuchen!

In den wenigen Tagen an Bord habe ich bereits kapieren und einsehen müssen, dass ich im Grunde eigentlich noch gar nichts weiß.

Die verdammte Lernerei geht jetzt erst richtig los!

Allerdings kann und sollte man sich in den Pausen dazwischen ruhig ein bisschen Spaß gönnen, sonst flutscht einem das Leben glatt zwischen den Fingern hindurch wie ein glitschiges Fischlein, das so schnell wie möglich zurück ins Meer will.

Auch in dieser Beziehung kann ich von Patrick eine Menge lernen, das wird mir immer klarer.

Wenn ich nur mal an letzte Nacht zurückdenke …

Das Mitternachtsbüfett war längst vorüber, und die diensthabenden Stewards hatten auch schon die Reste abgetragen, wir konnten endlich die Bar schließen, weil die letzten Gäste sich in die Kabinen verzogen hatten – oder auch in den ominösen *Yolanda*-Club, den wir bisher noch nicht aus eigener Anschauung kannten vor lauter Arbeit …

Jedenfalls dachte ich, Patrick und ich würden uns wieder in unsere Koje verziehen, erneut scharf aufeinander, da nimmt mich mein Sunnyboy an der Hand und zieht mich hinter sich her an Deck und weiter bis nach vorne in den Swimmingpoolbereich.

Hier herrschte friedliche nächtliche Stille, niemand war zu sehen oder zu hören. Nur das Meer rauschte jenseits der Reling, aber selbst das klang friedlich, da kaum ein Lüftchen sich bewegte. Die *Yolanda* musste derzeit folgerichtig unter Motor fahren. Totale Flaute, wie die Seebären das wohl nennen.

Die laue und obendrein feuchtwarme karibische Nachtluft streichelte uns regelrecht, und mir wurde sofort richtig romantisch ums Herz, wie immer in solchen Breitengraden, wo einen die Urlaubsstimmung automatisch überkommt, ob man will oder nicht.

Und geil wurde ich auch, sogar noch einen Tick mehr als zuvor bereits unten in der klimatisierten Bar, wo man sich eine Erkältung holt, wenn man nicht aufpasst.

Wunderbar laue Sommernächte haben schon seit meinen Teenagertagen diese Wirkung auf mich, dass ich höllisch lüstern werde, die Amerikaner nennen den Zustand »horny« – selbst wenn kein männliches Wesen zum Vernaschen in der Nähe ist.

In dem Fall muss ich mir dann eben einen Helden der Horizontalen aus meiner Fantasie angeln und die eigenen Finger bemühen, was auch geht, natürlich, meist allerdings nicht ganz so viel Spaß macht.

Das Problem hatte ich ja nun zum Glück letzte Nacht auch ganz eindeutig nicht …

Am Beckenrand fing Patrick nämlich sogleich an, mich aus meiner weißen Bordkluft zu schälen. Knapp knielanges Faltenröckchen nebst neckischem Miederoberteil mit Schößchen daran. So bin ich tatsächlich jetzt täglich gewandet!

Ich hatte wohl noch gar nicht erwähnt, wie die weibliche Schiffsuniform auf der *Yolanda* aussieht?

Ich schnurre: »Was hast du vor, Sunny? Du kannst mich doch nicht vor aller Augen einfach so …«

»Klar kann ich, und ich werde es auch tun! Außerdem ist niemand hier, soviel ich weiß. Schade eigentlich, ein bisschen Publikum wäre doch nett«, gibt er glatt zurück und grinst so herrlich schräg, wie nur er es kann.

Okay, Viktor hat etwas Ähnliches im Repertoire, fällt mir gerade ein. Er klemmt dazu manchmal noch eine Zigarette so lässig in den Mundwinkel, das ist ungelogen kinoreif.

Allerdings herrscht an Bord – bis auf den Club – absolutes Rauchverbot, weshalb ich in den letzten Tagen nicht mehr in den Genuss dieses höchst erotischen Anblicks gekommen bin.

Ach ja, Viktor, apropos …

Eine andere Geschichte, die mir Gänsehaut bereitet und oft genug ein feuchtes Höschen, aber dazu später mehr!

Momentan wirkt Viktor ziemlich plötzlich irgendwie verändert. Geistig abwesend, würde ich sagen, wenn ich ihn besser kennen würde, was aber (leider) nicht oder noch nicht der Fall ist.

Patrick schält unterdessen bereits meine Brüste aus dem weißen BH, den ich unter dem engen Mieder trage, und streicht mit den Daumenkuppen kräftig, aber dennoch zärtlich über die Nippel, die bereits wieder steif sind wie sein Glied, was ich deutlich spüre, weil es bereits hart gegen mein armes Schambein drückt.

Letzteres schmerzt nämlich seit gestern schon bei jeder Berührung; es muckt wohl gegen die Dauerbeanspruchung allmählich auf.

Ich habe vor dem Spiegel im Badezimmer auch festgestellt, dass die Gegend darum herum sich bereits bläulich verfärbt hat wie bei einem Bluterguss, und darum handelt es sich vermutlich auch.

Mir ist aber klar, dass ich nichts dagegen tun kann, weil ich nichts dagegen tun möchte.

Denn das hieße ja doch nur, dem Sex mit Patrick für einige Tage zu entsagen.

Und das kommt natürlich in unserem gegenwärtigen Dauererregungszustand gar nicht in Frage.

Es würde sowieso nicht funktionieren, spätestens mitten in der Nacht würden wir ja doch wieder ineinander verkeilt aufwachen.

Wenn wir beide nebeneinander schlafen, sind unsere Körper nämlich durchaus und offenbar an einer bestimmten Stelle immer noch hellwach und einsatzbereit – da unten nämlich, zwischen den Beinen.

Und wie jeder Mensch weiß, braucht man zum Einsatz jener weiter entfernt liegenden Organe das Gehirn nicht, eher im Gegenteil!

Dieses empfindliche Kopforgan kann ruhig weiterschlafen und sich ausruhen, der Rest läuft fast von alleine ab.

Aber zurück zu meinem Schambeinproblem.

Solche und ähnliche Beschwerden wurden ja sogar in der Weltliteratur beschrieben: *Honeymoon-Symptome* genannt. Oder auch *Flitterwochen-Wehwehchen.*

Eine Harnröhrenreizung oder gar Blasenentzündung – auch das kommt häufig vor, hauptsächlich beim weiblichen Geschlecht – wäre jedenfalls weit schlimmer als so ein kleiner blauer Fleck, damit bin ich also letzten Endes noch gut bedient.

Das heißt, falls es dabei bleibt!

Ich ignoriere also tapfer das schmerzende Schambein und konzentriere mich lieber auf das geile Ziehen im Becken und das Puckern in der Möse.

Das Manöver gelingt, und ich komme prompt schon wieder so richtig schön in Fahrt.

Also hole ich meines Liebsten bestes Stück heraus, und der tapfere Ritter schlägt sich auch bereits wieder wacker. Will heißen: Er zuckt in meiner Hand und sprudelt außerdem regelrecht über vor Geilheit.

Genügend natürliches Gleitmittel haben wir also auf alle Fälle schon mal wieder produziert.

Auf ins Gefecht!

Ich zerre ihm die Hose herunter, dann das Hemd von den Schultern, einige Knöpfe werden dabei hörbar abgesprengt – was soll's? Für solche und ähnliche Reparaturen ist der Kabinensteward zuständig – und dränge mich, mittlerweile längst entblättert, ganz eng an Patrick heran.

Allerdings hat er anderes im Sinn, als einfach hier so im Stehen loszulegen.

»Nicht so ungeduldig, Herzensprinzessin!«, raunt er und lacht mich an, wobei er mich ein klein wenig von sich wegschiebt, ehe er mich plötzlich auf die Arme hebt.

Im nächsten Moment bin ich auch schon im Wasser, es gibt einen mächtigen Platscher, ehe es kurz über mir zusammenschlägt.

Als ich wieder hochkomme und nach Luft schnappe, ist auch mein Sweetheart schon im Pool und schwimmt so dicht neben mir, dass unsere Körper unter Wasser aneinanderstreifen.

Und er hat etwas mitgebracht!

»Was ist das denn?«, frage ich neugierig.

»Was Nettes zum Spielen für uns beide. Ein so genanntes *Boogie Board*, Babe!«

»Was willst du denn damit, hier gibt es doch gar keine Wellen, auf denen man damit reiten könnte!«, wende ich ein und kichere dazu – soll ja nach einem Scherz klingen.

Dabei bin ich ein wenig enttäuscht, anscheinend steht meinem Liebsten der Sinn nach albernen Wasserspielen, wie sie Kinder gerne machen. Und ich hatte doch gedacht und gehofft, er wäre genauso scharf wie ich und könnte sich kaum mehr beherrschen.

Mein Frust steigt weiter an, als ich Patrick dabei zusehen muss, wie er seinen Oberkörper jetzt auf dem dummen Boogie Board platziert und damit im Wasser herumpaddelt.

Was soll das denn werden?

Ringelpietz mit Anfassen?

Ich beschließe, beleidigt zu sein und meinen Frust auch deutlich zu machen, also kraule ich schweigend Richtung Beckenrand zu der Stelle, wo sich eine Alu-Leiter zum Ausstieg befindet.

Soll er doch seine Poolrunden alleine drehen, ich gehe schon mal vor, dusche und lege mich ins Bett. Wenn ich dann schon fest schlafe, bis er endlich kommt, hat er eben Pech!

Und seine Morgenlatte in der Frühe werde ich auch standhaft ignorieren, am besten die leichte Bettdecke wie eine dicke Wurst zwischen unsere beiden Körper drapieren, als Anti-Fick-Schutzwall, haha!

Ich komme allerdings nicht weit.

»He, Prinzessin! Wo willst du denn hin? Schön hiergeblieben, ich habe hier jemanden, der verrenkt sich den Kopf nach dir!«

Und tatsächlich – Patrick paddelt jetzt auf dem Rücken neben mir, sein höchst appetitlicher Body glänzt dicht unter der Wasseroberfläche, auf die noch dazu silbernes Mondlicht sich ergießt.

Das blöde Boogie Board ist auch immer noch mit von der Partie, Patrick dirigiert es lässig mit einer Hand neben sich her.

Was mich aber viel mehr interessiert und ablenkt und antörnt zugleich: die einladende Erektion, die tatsächlich so weit aus dem Wasser herausragt, dass es aussieht, als würde Patricks Schwanz nach mir Ausschau halten.

Etwa so muss wohl auch Nessy da oben in Schottland in Loch Ness Ausschau halten nach unerschrockenen Touristen, die das Ungeheuer unbedingt leibhaftig zu Gesicht bekommen und fotografieren wollen.

Ein Königreich für eine Kamera!, denke auch ich jetzt bei diesem durchaus neckischen Anblick.

Und muss bei dem Stichwort auch schon fast gleichzeitig wieder an Viktor denken!

Wo steckt der Süße denn bloß?

Unwillkürlich kommt mir die ketzerische Idee, wie toll es jetzt wäre, die beiden schönen Kerle hier drinnen zu haben bei mir!

Zur selben Zeit, und auch Viktor selbstredend ohne alles – und mit einem prächtigen Ständer, der aus dem Wasser ragt und sich den Kopf verrenkt, und zwar nach mir alleine, Noella-Herzensprinzessin!

Ich muss kichern und verschlucke natürlich prompt einen Mund voll des ekligen Chlorwassers – *wer weiß außerdem, wie viele Leute hier heute im Laufe des Tages schon hineingepinkelt haben mögen, igitt … Nach der Menge der Cocktails zu urteilen, die ständig weggingen, möglicherweise eine ganze Menge …*

Bevor ich mich allerdings in meine ekligen Gedanken weiter reinsteigern und meine immer noch vorhandene Geilheit darüber verlieren kann, ist Patrick da und küsst mich lüstern und auf eine Art und Weise, dass ich sofort weiß: *Achtung, auf geht's!*

»Lust auf eine Runde Aqua-Sutra, Herzensprinzessin?«

Patrick hat den Kuss unterbrochen und raunt mir diese Frage ins Ohr, ehe er seine Zungenspitze darin versenkt und zärtlich zu lecken beginnt.

Ich mag das, was er auch weiß, und beginne leise zu schnurren, was er seinerseits mag, wie ich wiederum weiß!

Als Nächstes wird er jetzt gleich eine Hand zwischen

meine Schenkel schieben – und schon tut er es tatsächlich!

Wir müssen wirklich aufpassen!, denke ich daraufhin plötzlich, *wir sind seit Tagen ständig zusammen, im Job und im Bett, wir fangen an – zumindest ich –, schon Gesten und Handgriffe vorauszuahnen, das kann nicht gut sein, DAS IST NICHT GUT, das schmeckt und klingt nach sexueller Gewöhnung, nach erotischer Gewohnheit, dann folgt irgendwann automatisch die zuerst vielleicht sogar noch perfekt anmutende Routine im Bett … und schließlich unweigerlich die Langeweile. Aus die Maus.*

Und irgendwann steht dann die Liebe und schließlich die ganze Beziehung auf dem Spiel!

Hilfe, das will ich nicht!!!

Viktor, wo bist du? Verdammt noch mal …

Ups!

HOPPLA!

Habe ich das tatsächlich eben nur gedacht, oder auch laut ausgesprochen???

Ich bin mir nicht sicher, noch dazu, wo Patrick jetzt plötzlich amüsiert lacht … allerdings sagt er nichts, der Sunnyboy, sondern überrascht mich stattdessen mit einer Handlung, mit der ich nicht gerechnet habe.

Er schiebt mir nämlich auf einmal das Boogie Board so unter, dass mein Oberkörper bäuchlings darauf ruht.

Mit anderen Worten: Jetzt werde ich vom Board getragen, nur noch Po und Beine baumeln im Wasser, ich kann also die Richtung bestimmen, wohin die Reise geht, was praktisch und bequem zugleich ist.

Trotzdem sage ich zu Patrick: »He, was soll denn das jetzt schon wieder? Kannst du mich nicht einfach ficken, Süßer? Ich hab's dringend nötig, weißt du, Sunny! Dein Schwanz ist so wunderschön im Mondlicht, ich muss ihn jetzt einfach haben, sonst drehe ich noch durch!«

»Nicht so ungeduldig, du böses Mädchen!«, sagt Patrick daraufhin und klatscht mit einer Hand kräftig auf meinen bloßen Po.

Aua, das war wirklich hart!

Mein Hinterteil brennt, und einen Moment lang schießen mir sogar Tränen in die Augen, ich kann es nicht verhindern.

Aber gleichzeitig spüre ich auch, wie meine Möse heiß wird und heftigst puckert.

Meine Brüste hingegen reiben sich am Boogie Board, die Nippel sind davon bereits groß und hart und brennen jetzt auch schon, und wieder schießt eine heiße Lustwelle von oben bis unten durch meinen nassen nackten Leib und bohrt sich mitten hinein ins goldene Zentrum.

Am liebsten würde ich Patrick jetzt anschreien und betteln, dass er endlich seinen verfluchten harten Schwanz in mich stecken soll, denn ich halte es nicht mehr länger aus.

Er aber dirigiert mich nun auf dem blöden Board ans gegenüberliegende Ende des Pools, wo die Beckentiefe abnimmt.

Als wir eine Stelle erreichen, an der dem Sunnyboy das Wasser gerade so bis zur Mitte der Oberschenkel reicht, machen wir Halt.

Er bleibt dort stehen und hält mich samt Boogie Board fest, wobei er sich jetzt direkt hinter mir befindet.

Ich drehe den Oberkörper etwas und schiele hinter mich …

Und da steht er, schön wie ein junger Gott, gebaut wie ein antiker griechischer Held, übergossen vom Mondlicht – und wiegt seinen wahrhaft prächtigen und glänzenden Ständer einen Moment lang wie nachdenklich in einer Hand.

O Gott, ich bin so geil, ich schreie gleich und komme nur vom Hinsehen, wenn er ihn nicht endlich jetzt sofort und auf der Stelle in mich reinsteckt!!!

Das ist ja … reinste Folter!

WARUM MACHT ER DAS???

»Fick mich!«, höre ich mich schreien, »fick mich jetzt, um Himmels willen, Sunnyboy, oder es wird dir ein Leben lang leidtun, hörst du?«

Ich höre tatsächlich jemanden kurz auflachen, einen Mann, bin mir aber nicht sicher, ob das Gelächter von Patrick kam, irgendwie klang es weiter weg, aber ehrlich gesagt, ist es mir, selbst wenn es so wäre, im Moment auch sch…egal, mit Verlaub!

Ich hänge hier auf diesem blöden Board mit brennenden Hinterbacken und zuckender Möse und gleichfalls aufgegeilten Nippeln und brauche jetzt auf der Stelle einen Schwanz, verdammt nochmal!!!

Ich habe schließlich eine monatelange sexuelle Fastenkur hinter mir und soeben mein Studium abgeschlossen, bin eine freie Frau und will jetzt endlich leben und vor allem etwas *er*leben – und vor allem GEFICKT werden.

Egal von wem!

Hauptsache, der Schwanz ist schön hart, lang und dick, HALLELUJA!

»Du bist ja tatsächlich ein ganz böses Mädchen, Herzensprinzessin!«, sagt Patrick hinter mir. »Sehr, sehr unartig und dirty, was soll ich bloß mit dir machen, hm? Ich glaube, ich muss dich bestrafen …«

»Mach, was du willst, aber steck ihn endlich rein, Sunny!«, fauche ich zurück und versuche gleichzeitig, mit beiden Beinen nach hinten auszutreten wie ein störrischer Gaul, um Patrick zu treffen, irgendwo!

Sogar gegen seine kostbaren Eier würde ich treten, so wütend, wie ich momentan auf ihn bin.

Er ist aber schneller und auch geschickter, mein Tritt geht voll ins Leere, dafür falle ich beinahe seitlich vom Brett.

Natürlich verhindert Patrick das, indem er beherzt zugreift.

Schon liege ich wieder mit den Brüsten auf dem Boogie Board auf, reibe meine geschwollenen Nippel an dem verdammten Ding noch mehr wund und paddle mit den Beinen heftig, weil weiterhin wütend, im Pool.

In dem Moment greift Patrick nach meinen Füßen und zwingt sie im Wasser mit Leichtigkeit auseinander, dann schiebt er sich auch schon dazwischen.

Er ergreift meine beiden Oberschenkel wie bei einer Schubkarre die seitlichen Barren – und gleitet fast im selben Moment direkt hinein in meine dampfende Möse.

O Himmel, das fühlt sich absolut zum Abheben an …

Sofort verraucht meine Wut, jetzt, wo ich endlich kapiert habe, was er die ganze Zeit schon vorhatte.

Mamma mia, ich könnte glatt abheben, so wunderbar geil fühlt sich das Ganze an.

Die Bewegungen des Wassers lassen das Boogie Board und damit meinen Körper tanzen und schaukeln, auf und ab und hin und her, wodurch Patricks Stöße die verschiedensten Stellen innerhalb meiner Pussy unter den verschiedensten Eindringwinkeln erreichen und stimulieren.

Vor allem die Eingangspforte wird herrlich kräftig durchmassiert, weil Patricks Prachtstück immer wieder fast herausflutscht und von ihm neu positioniert werden muss.

Es ist irgendwie so anders als im Bett, einfach unbeschreiblich. Jedenfalls aber so lustvoll, dass ich alle Mühe habe, nicht einfach unkontrolliert und laut loszuschreien.

Dieses Wasserspielchen gefällt mir ausnehmend gut. Ich muss mich höllisch zusammennehmen, um nur ja nicht loszukreischen. Die Nachtluft würde die Laute glatt verstärken und das ganze Schiff davon widerhallen lassen.

Ich komme kurz hintereinander mehrere Male und kann es kaum fassen, wie fantastisch es sich anfühlt.

Dann bricht auch Patrick auf meinem Rücken zusammen und pumpt kräftig in mich rein, und wir kriegen beide für einen Moment kaum Luft und japsen hörbar.

Ich spüre, wie sein Puls rast, und weiß daher, dass es ihm genauso heftig gekommen sein muss wie mir.

Schön, wunderschön!

Liebes, liebes Boogie Board, vielen Dank auch für deine tatkräftige Unterstützung. Ich werde dich als selbst getestetes Sex-Toy wärmstens weiterempfehlen, vielleicht in einem frechen Artikel für ein Lifestyle-Magazin: *Heiße Wasserspiele für Ihren Luxusurlaub.*

Patrick küsst meinen Nacken, meine Ohrläppchen, meine Schultern, dann muss ich ihn allerdings bitten, langsam abzusteigen, weil ich nicht mehr kann.

»Wie war es für dich?«, fragt er aber zuerst noch und beißt mich wie ein Vampir zärtlich und doch kräftig seitlich in den Hals. Was vermutlich einen tollen Knutschfleck abgeben wird, und dann kann ich bei der Hitze mit einem Halstuch herumrennen (in der Bar wird das kein Problem sein, da drinnen holt man sich sowieso leicht Halsschmerzen).

»Grrrr…«, gurgle ich. »Grrr…auenhaft!«

Er lacht und schiebt sich dann endlich wirklich von mir runter. »Das habe ich bemerkt, du bist gleich mehrfach abgegangen wie eine Rakete. Mal wieder, möchte ich hinzufügen.«

»Irgendwelche Beschwerden, mein Herr?«

»Keine, Mylady, ganz im Gegenteil!«

»Na, dann ist es ja gut!«

Endlich kann ich mich vom Board herunterrollen lassen und dabei richtig tief Luft holen.

Anschließend spüre ich dann mein armes, malträtiertes Schambein wieder.

Es muss sich an dem Board noch mehr wundgescheuert haben, aber im Eifer des Gefechts habe ich das zuerst natürlich gar nicht gespürt.

Alles im Leben hat eben seinen Preis!

»Verdammt!«, höre ich mich laut sagen, »Patrick, du fickst mich noch zu Tode, wenn wir so weitermachen!« Und dann höre ich doch tatsächlich ein amüsiertes Männerlachen, dieses Mal ganz deutlich – und dabei ist Patrick doch gerade untergetaucht, vermutlich um sich abzukühlen.

Ich luge über den gegenüberliegenden Beckenrand hinaus – und jetzt sehe ich auch wirklich die beiden dunklen Gestalten, die sich zusammen auf einer der Sonnenliegen genüsslich zu räkeln scheinen.

Nun, jedenfalls liegen sie ganz eng nebeneinander, ein Mann und eine Frau, das kann ich jetzt erkennen, aber sie treiben es nicht miteinander, sie sind sogar bekleidet – und ganz sicher haben sie uns eben dabei beobachtet, wie wir es getrieben haben!

Tja, damit werde ich jetzt wohl leben müssen … ich will nur hoffen, sie hatten dabei ebenfalls ihren Spaß.

Und jetzt erkenne ich auch, wer die beiden sind: VIKTOR UND MAYA!

Ausgerechnet.

14
VIKTOR

Die Herzensprinzessin und Patrick haben es gerade mitten in der Nacht im Pool getrieben, und Maya und ich waren Zeugen der kleinen Szene.

Unfreiwillig, versteht sich.

Wir hatten uns nach draußen auf eine Sonnenliege verzogen, damit Maya mir in Ruhe ihr Herz ausschütten konnte.

Aber kaum hatten wir es uns einigermaßen gemütlich gemacht – nicht ohne vorher den Swimmingpoolbereich ausgiebig zu inspizieren – wir wollten sichergehen, keine ungebetenen Ohrenzeugen zu haben, da tauchten die Turteltäubchen auf.

Es ging sofort und ziemlich heftig zur Sache …

Ehrlich, ich gönne den beiden ihr frisch verliebtes Glück!

Lange wird diese wunderbare Zeit erfahrungsgemäß ohnehin nicht dauern, deshalb habe ich Maya auch sofort eine Hand warnend auf den Mund gelegt.

Ich meine, hätten wir uns bemerkbar gemacht, wäre das Liebesspiel unterbrochen und die ganze Spontaneität zum Teufel gewesen, das konnte und wollte ich den beiden nicht antun. Immerhin bin ich ein Mann und weiß, wie ernüchternd eine solche Unterbrechung sich auf die männliche Erektionsfähigkeit auswirken kann. Vor allem, wenn Mann keine zwanzig mehr ist.

Hätte es sich um ein wildfremdes Pärchen gehandelt, wäre es mir egal gewesen. Aber bei diesen beiden kenne ich bereits zu viele Details, die Vorgeschichte aus Freund Patricks Sicht – und nicht zu vergessen: mein kleines Strandabenteuer mit der Herzensprinzessin selbst vor einigen Tagen nahe Key West.

Ich mag Patrick und Noella beide, wie gesagt. Sie sollen ihre frisch verliebte Anfangszeit nach Herzen auskosten dürfen.

Man sieht ihnen ihr Glück auch an, kann es ihren Mienen ansehen, und das wiederum berührt mich.

Maya und ich leben nämlich derzeit zumindest in einer völlig anderen und wesentlich illusionsärmeren Welt, obwohl wir uns alle vier zur selben Zeit auf der *Yolanda* befinden.

Man muss sich das Ganze wohl wie so eine Art Paralleluniversum vorstellen.

Maya und ich hier, Patrick und Noella dort.

Die *Yolanda* ist dabei die Schnittstelle zur Gegenwart, der so genannten Realität also.

Von beiden Seiten zu betreten und wahrzunehmen, und dennoch spielt sich hier eine ganz andere Geschichte ab als dort.

Mit anderen Worten: Während unsere Körper sich in der materiellen Gegenwart an Bord der *Yolanda* befinden, läuft in den Köpfen ein anderer Film ab.

So spielt das Leben: Für den einen geht gerade die Sonne der Liebe auf, und für den anderen, wie Maya etwa, gibt es das Thema gar nicht. Sie glaubt längst nicht mehr an die romantische Liebe, jedenfalls nicht an die zwischen Mann und Frau.

Sie glaubt nur noch an nackte und harte Tatsachen, etwa an diese, dass der Typ, mit dem sie hier auf der *Yolanda* ist – John McCullon –, auf Lederfetischismus, brutale Schläge und Demütigungen steht, ehe er abspritzen kann.

Weil sie das Geld derzeit dringend braucht, das er für ihre Dienste zu zahlen bereit ist – und außerdem darauf hofft, ihn mit Hilfe *meiner* Kamera in eine erpressbare Lage hineinmanövrieren zu können, geht sie anscheinend mit Freuden auf diese Spiele ein und peitscht ihn wenn nötig auch kräftig aus, bis er endlich wimmert vor Schmerz und Lust zugleich und auf ihre schwarzen Lederstiefel ejakuliert.

Ich bin halb und halb bereit, ihr bei ihren Plänen zu helfen, die im Hintergrund mitschwingen.

Schon aus dem Grund, weil ich diese schleimigen Politikertypen, die sich für die Größten halten und auf unsereinen arrogant herunterschauen, auf den Tod nicht ausstehen kann.

Machtgeil, verlogen und korrupt!

Ausnahmen bestätigen die Regel.

Ich merke gerade: Noella starrt immer noch zu uns herüber, während sie gleichzeitig hastig in ihre Kleider springt.

Patrick nimmt die Sache dagegen gelassen, er hebt sogar den Arm und winkt mir zu. Er kennt natürlich einige der Geschichten aus meiner jüngeren Vergangenheit als Pornostar und weiß deshalb genau, dass ich ganz andere nackte Tatsachen wirklich *hautnah* gesehen und miterlebt habe.

Maya wird plötzlich hektisch und versucht, die Zeit auf meiner Armbanduhr abzulesen.

»Ich muss gleich in den Club, Viktor!«, sagt sie, als es ihr endlich gelingt.

»Ich komme mit!«, erkläre ich sofort.

»Bist du sicher? Du musst aber nicht wegen mir …«

»Das weiß ich, Mädchen! Ich muss ja auch wegen mir.«

»Wieso? Ist dir zur Abwechslung mal wieder nach Zuschauen?«, versucht sie mich aufzuziehen. »Dann könntest du doch gleich versuchen, dich reinzuschmuggeln und die Fotos zu machen, um die ich dich gebeten habe.«

»Im Club? Wie soll das denn gehen? Da drinnen werde ich auf alle Fälle erwischt. Vergiss es, Maya! Leandro bringt es fertig und lässt mich ohne vorherige Verhandlung ins Meer werfen. Wegen unerlaubten Kamerabesitzes an Bord. Die Gewässer hier sollen nicht völlig haifrei sein!«

Ich lache, meine die Worte aber durchaus ernst.

»Warum willst du dann mitkommen? Verwandelst du dich allmählich in einen Workaholic, ausgerechnet auf diesem schlüpfrigen Gebiet?«, fragt Maya, halb im Scherz.

»Keineswegs, Schätzchen«, gebe ich sanft zurück. »Ich bin ebenfalls im Einsatz heute Nacht. Big Boss hat mich angefordert, höchstpersönlich. Für die alleinreisenden Damen, wie er sich dezent ausdrückte!«

»Gruppensex also!« Dieses Mal klingt Mayas Stimme völlig kühl und geschäftsmäßig. »Na, dann Abmarsch, Herr Kollege. Die Pflicht ruft.«

Wir erheben uns von der Liege, ich erwidere Patricks Winke-Winke-Gruß von eben und rufe: »He, ihr beiden! Wollt ihr nicht mitkommen?«

»He, lass das!«, sagt Maya warnend neben mir. »Das ist nichts für die beiden Turteltäubchen. Die Kleine kriegt höchstens einen Schock fürs Leben, und er ist dann die längste Zeit im Leben dein Freund gewesen!«

»Was, Patrick? Der Junge kennt sich aus, keine Angst.«

»Wohin denn, Viktor?«, ruft Patrick auch schon zurück und lacht natürlich. »Geht ihr etwa auf einen Zug durch die Gemeinde und stürzt euch ins volle Nachtleben?«

»Warte! Ich erklär's dir gleich«, rufe ich zurück und bin auch schon auf dem Weg zu den beiden hinüber auf der anderen Seite des Pools.

Maya folgt mir eher zögerlich. Ich weiß, sie ist skeptisch und möchte die beiden Turteltäubchen partout nicht dabeihaben im Club, aber das ist ihr Problem.

Als ich angekommen bin, sehe ich Noella zuerst in die Augen und sage: »Wir gehen in den Club, wohin denn sonst! Maya und ich beginnen jetzt unsere Nachtschicht. Aber ihr habt frei und könnt zugucken oder auch mitmachen, euch einfach amüsieren, es liegt ganz bei euch. Eintritt und Getränke sind natürlich frei!«

Beim letzten Satz grinse ich und zwinkere Patrick zu, aber ich bin ohnehin sicher, er hat längst verstanden und kann sich bereits denken, was im Club abgeht.

Dagegen mimt Noella die Unschuldsprinzessin, macht große staunende Augen, dann sagt sie: »Ach, weißt du, wir stehen ja schon den ganzen Abend und untertags viele Stunden in der Bar und hören uns das Gequatsche an ...«

Patrick unterbricht sie, ehe ich etwas sagen kann: »Schätzchen, der Club ist etwas ganz anderes als unsere harmlose kleine Bar. In den Club geht, wer bestimmte Gelüste befriedigen will, und zwar in Gesellschaft. Wir müssen ja nicht mitmachen, einfach nur mal Zuschauen bei so etwas kann auch sehr amüsant und aufregend sein, nicht wahr, Viktor?«

Er zwinkert mir jetzt heimlich zu, was ich als Bitte um weitere Schützenhilfe auffasse.

»Du weißt sicher, was ein Swinger-Club ist, Noella?«, leite ich, fast lächerlich ernst klingend, die nähere Erklärung ein »Oder eine Swinger-Party?«

»Natürlich, glaubst du, ich komme von einem anderen Planeten?«

Zu meiner völligen Überraschung mischt sich jetzt plötzlich auch noch Maya ein.

»Das nicht gerade, Schätzchen!«, sagt sie ein wenig zu spöttisch für meinen Geschmack. »Aber zu wissen, worum es sich bei diesen Dingen handelt, ist eine Sache. Ich bezweifle allerdings, dass eine junge Dame wie du tatsächlich praktische Erfahrungen in dieser Richtung gemacht hat. Ich sage auch nur noch ein Wort, was Viktor bisher noch nicht erwähnt hatte … *Sadomaso.* Überleg dir also gut, ob du da mit reinwillst oder lieber in die Heia gehst.«

Also okay, ich hatte es tatsächlich vergessen zu erwähnen, dachte eben, »Swinger« wäre aussagekräftig genug.

Ich beobachte genau Noellas Gesichtsausdruck, während Maya ihre Kurzpredigt hält.

Die Herzensprinzessin ist tatsächlich noch so unverdorben und frisch, wie ich mir schon gleich damals gedacht hatte, als Patrick sie mir beschrieb.

Sie tut mir jetzt einen Moment lang auch beinahe leid, so sehr wechseln sich offensichtlich die miteinander widerstreitenden Gefühle in ihr ab, direkt hier vor meinen Augen.

Kurz: Noellas Mienenspiel bietet momentan so einiges aus der Gefühlspalette – Entsetzen, Unglaube, Neugierde, Lust, Zögern, Scheu, Angst, Hemmungen, mehr Neugierde, größere Lust, neuerliches Zögern.

»Wenn es dir zu viel wird«, sagt Patrick und legt gleichzeitig einen Arm um ihre schmale Taille, »dann schleichen wir uns eben raus, Prinzessin. Du brauchst mir bloß ein Zeichen zu geben, das ist alles, okay?«

»Klar doch!«, sagt Noella. »Okay. Gehen wir.«

15
PATRICK

Während wir in unsere Kabine huschen, um rasch zu duschen und uns umzuziehen, habe ich ein wenig Zeit, um meinen Gedanken nachzuhängen.

Plötzlich sind mir jetzt nämlich doch Bedenken gekommen! Nein, nicht meinetwegen, sondern wegen der Herzensprinzessin natürlich.

Ich selbst war zwar auch noch nie in der Swinger-Szene unterwegs, obwohl ich reichlich Einladungen zu solchen Partys erhalten habe.

Allerdings steht mir ganz einfach der Sinn grundsätzlich nicht nach solchen Spielchen.

Nur in meinen Fantasien und während der langen Wochen der Trennung von Noella, da habe ich mir schon des Öfteren ausgemalt, wie es wohl wäre, mit ihr zusammen eine solche Party zu besuchen.

Es ging mir in diesen Fantasien vor allem darum, *ihre* Reaktionen zu beobachten und kennen zu lernen, dabei auch herauszufinden, ob sie heiß wird beim Zuschauen, ob sie gar mitmachen will oder sich lieber in meine Arme flüchtet und dann darum bittet, ob wir uns nicht einfach nur an die Bar setzen können!

Ich habe mir dabei ebenfalls überlegt, dass mit Wildfremden so eine Sache recht prickelnd sein könnte. Es geht dann ja eindeutig nur um Sex, ums Zuschauen und eventuell Experimentieren.

Gefühle gegenüber anderen etwaigen Sexpartnern sind und bleiben völlig ausgeschlossen. Man kennt die Mitspieler ja nicht, hat dafür aber den vertrauten Partner dabei.

Also kam ich in meinen Fantasieüberlegungen irgendwann zu dem Schluss, dass es doch eigentlich wirklich geil sein könnte, mit der Herzensprinzessin gemeinsam das Abenteuer zu wagen.

Jetzt allerdings, wo es so weit ist, kommen mir ernstere Bedenken.

Es beginnt schon damit, dass Viktor mit von der Partie ist, denn in meinen Fantasien waren ja nur Wildfremde anwesend.

Mein Freund Viktor wird Gelegenheit haben, sich in voller Mannespracht und Schönheit zu präsentieren, vor den Augen meiner Prinzessin.

Es ist mir nicht entgangen, dass sie in erotischer Hinsicht durchaus auf ihn abfährt, was zum großen Teil auch meine Schuld ist, ganz klar.

Im Grunde wollte ich ja genau das provozieren, und das muss ich mir auch immer wieder vor Augen halten.

Ich hatte ihn für sie gebucht, in seiner Rolle als »Mann für gewisse Stunden«. Nicht zuletzt auch deswegen, um mich selbst zu testen hinsichtlich Eifersucht und so.

Und um mich gleichzeitig, falls nötig, davon zu heilen.

Ich habe dieses etwas schizophrene Verfahren schon mehrfach erwähnt.

Ich hatte also dieses kleine Viktor-Experiment angezettelt und ihn ihr quasi als Appetithappen auf dem Präsentierteller angeboten.

Natürlich wollte ich auch wissen, wie sie mit dem verlockenden »Angebot« umgehen würde.

Ich wollte ihr damit auch zeigen, wie abgeklärt und überlegen ich bin. Ja, selbst diese gewisse Eitelkeit spielte dabei eine Rolle.

Und außerdem wollte ich ihr einen erotischen Wunschtraum erfüllen, ehe sie sich selbst eines Tages darum kümmert.

Ich dachte wirklich, der Plan wäre alles in allem genial.

Und vielleicht ist er es ja auch – immerhin ist das Experiment noch nicht zu Ende, wie man sieht.

Nächster Punkt auf der Liste der endgültigen Bestandsaufnahme:

Ich kenne den Callboy privat sehr gut und bin mit ihm befreundet.

Na und, dachte ich zuerst, *umso besser!*

Jetzt allerdings bekomme ich allmählich doch verschärftes Muffensausen.

Was mache ich, wenn die Herzensprinzessin hernach im Club plötzlich mitmachen will, wenn Viktor seinen Job macht? Wenn sie sich ihm anbietet, dann wird er sie nehmen, ohne sich viel dabei zu denken, vor meinen Augen!

Will ich das wirklich erleben?!

Ich versuche es mit einer anderen Vorstellung, um

mich wieder abzuregen: *Was würde geschehen, wenn ich versuchte, mich an die schöne Maya heranzumachen und Noella ins Spiel zu dritt hineinzöge?*

Sofort regt sich mein Schwengel, und zwar deutlich.

Aha, erwischt, Sunnyboy!

Noella kommt eben aus dem Bad, und sie sieht verteufelt sexy aus!

Sie trägt ihr bräunlich goldenes Strandkleid, das einem Fischernetz täuschend ähnlich sieht. Darunter allerdings weder Badeanzug noch Bikini wie am Strand, sondern nur nackte Haut.

Man sieht ihre Brüste, die großen aufreizenden Nippel, die rasierte Muschi, einfach alles.

»Ich dachte, in Jeans oder Abendkleid im Swinger-Club aufzukreuzen wäre reichlich lächerlich, findest du nicht, Sunnyboy?«

Sie lächelt mich schräg von unten her an und wirkt gleichzeitig so verführerisch, dass ich die Arme nach ihr ausstrecke: »Wow, Babe! Ich glaube, wir bleiben doch besser gleich hier in der Kabine. Schau mal, was du bereits angerichtet hast mit deinem Auftritt.«

Ich packe meinen steinharten Lollypop aus und zeige ihn ihr.

Aber sie lacht nur und meint, während sie mit der flachen Hand kurz und kräftig über die Eichel streichelt: »Böser Bub! Zur Strafe musst du jetzt noch warten, bis ich es dir erlaube.«

Dann verpackt sie ihn eigenhändig wieder und sagt: »Vamos!«

16

NOELLA

Ich bin gespannt wie ein Flitzebogen auf das, was mich heute Nacht in dem ominösen Club noch erwarten mag.

Ehrlich gesagt, habe ich immer geglaubt, keine zehn Pferde beziehungsweise nicht einmal zehn wunderhübsche knusprige junge Männer würden mich je dazu bringen, mit ihnen eine Swinger-Party zu besuchen.

Aber jetzt, mit Patrick an meiner Seite als Partner und Begleiter, finde ich die Aussicht höchst prickelnd.

Und die Tatsache, dass auch Viktor mit dabei sein wird, macht mich sogar noch einen Tick schärfer.

Ich habe eben im Bad, während ich mich für die Nacht als Meernixe zurechtmachte, eine verdammt anregende Fantasieszene durchgespielt.

Dabei liegt Viktor rücklings auf einem Bett, ich kauere in Hündchenstellung über ihm, den nackten Po herzhaft in die Höhe gereckt.

Hinter mir kauert Patrick mit ausgefahrenem Rohr, ich kann es deutlich spüren, weil es gerade an meine Hinterbacken klatscht.

Viktor unter mir nimmt meine Brüste in die Hände

und bewundert sie ein Weilchen mit den Augen, ehe er sagt: »Wunderhübsche pralle Äpfelchen!«

Er verwöhnt anschließend die Nippel, die sofort steif werden, zuerst mit seinen geschickten Daumen.

Dann nimmt er meine Äpfelchen abwechselnd in den Mund und saugt herzhaft vorne an den Perlen, wie ein hungriges Baby an der Mutterbrust.

Er geht dabei bis an meine Schmerzgrenze, überschreitet sie aber nicht.

Die Lustgefühle jagen durch mich hindurch direkt hinein in die bereits dampfende Möse.

Hinter mir zieht Patrick gerade meine Pobacken mit den Händen auseinander, und sein erigierter Penis drängt gegen das Loch tief in der Falte, aber er dringt nicht ein, denn dazu bin ich noch nicht bereit, und er weiß und respektiert das.

Ich kann ihm vertrauen, also fällt es mir leicht, mich total gehen zu lassen.

Und dieses Beinahe-Eindringen erregt mich tatsächlich so sehr – wäre ich mit dem Sunnyboy alleine, würde ich ihn jetzt wohl bitten, Gleitmittel auf seinem Schwanz zu verteilen und es zumindest einmal zu versuchen.

Viktor ist wirklich ein Weltmeister im Tittensaugen, ich konzentriere mich also wieder mehr auf seine Aktivitäten in meiner oberen Körperhälfte.

Da spüre ich eine Hand von hinten zwischen meine geöffneten Oberschenkel gleiten, dann dringen auch schon mehrere Finger in mich ein und beginnen sofort damit, mich zu ficken.

Im Nu bin ich so weit, dass ich kommen könnte, aber ich will noch nicht, ich will mehr, ich will einen Schwanz in mir!

Als ob Patrick Gedanken lesen könnte, nimmt er in dem Moment die Finger heraus und gibt ihn mir … Während er eindringt, merke ich, wie er weiter anschwillt, geradezu riesige Ausmaße annimmt, ich spüre ihn pochen da drinnen, während Viktor jetzt gerade meine linke Knospe mit seinem Mund zu melken versucht – und dann explodiere ich auch schon.

So weit meine kleine Fantasie von eben.

Kein Wunder, dass ich feucht bin und fast überquelle. Deshalb schnappe ich mir da drinnen im Badezimmer eben noch einige Kosmetiktüchlein, um meine tropfende Muschi und die vor Feuchtigkeit glänzenden Innenseiten der Schenkel damit trockenzureiben.

Immerhin will ich nur dieses Nichts von einem Strandkleid beim Einlaufen in den Club tragen. Und es muss ja nicht jeder gleich zu Beginn sehen, wie es um mich steht.

Während ich ein leichtes Make-up auflege, das die Haut hübsch golden schimmern lässt, male ich mir weitere Dinge aus, die mich – vielleicht – gleich erwarten könnten.

Leandro O., zum Beispiel.

Interessanter Mann … irgendwie, das ist mir gleich bei der Begrüßung aufgefallen.

Nicht mein Typ, aber er hat was. Auch wenn ich nicht weiß, was es genau ist.

Er wirkt gefährlich, zwielichtig, geheimnisvoll, skrupellos wohl auch. Dabei aber keineswegs unsympathisch.

Mit Sicherheit ist er ein sinnlicher Mensch, das weiß ich spätestens, seit ich ihn in der Bar erlebt und beobachtet habe.

Während andere Männer den Alkohol oft nur so in sich hineinkippen, zelebriert er jeden Schluck.

Und er verabscheut Cocktails, bis auf Patricks Spezial-Margarita!

Da es mir ganz genauso geht, ich außerdem ebenfalls auf trockene und dennoch spritzige französische Weißweine stehe, die gut gekühlt sein müssen, habe ich eine Art Seelenverwandtschaft zwischen mir und dem eher klein gewachsenen Yachtbesitzer entdeckt.

Dann diese Glutaugen mit den langen, gebogenen tiefschwarzen Wimpern darüber – Leandros Augen sind tatsächlich eine Wucht, auch wenn ich mir vorstellen kann, wie plötzlich ein äußerst gefährliches und geradezu brutales Glitzern in sie tritt.

Ein Mann, in dessen Adern echtes Latinoblut und -feuer fließt. Das erkenne sogar ich mit meiner eher durchschnittlichen Erfahrung auf diesem Gebiet auf den allerersten Blick.

Leandro hat mich im Auge, das ist mir während der vergangenen Tage ebenfalls aufgefallen.

Nein, er macht mich nicht an, wenigstens nicht so direkt oder gar unverschämt.

Immerhin bin ich Patricks Girlfriend, und Leandro mag meinen Sunnyboy, auch das merkt man ihm an.

Allerdings entfache ich etwas in ihm, dem er sich

nicht entziehen kann, obwohl er es vermutlich gerne täte.

Ich denke mal, es ist die Anmutung der noch jungen, unverdorbenen und mädchenhaften Intellektuellen, die gerade erst dabei ist, sich zu einer erfahrenen, reifen Frau zu entwickeln.

Oder, um ein anderes Bild zu bemühen: ein Kätzchen, das die Merkmale einer ausgewachsenen Wildkatze bereits in sich trägt und manchmal sogar schon faucht und die Krallen zeigt.

Manche Männer macht dies ganz ungeheuer an, ich weiß es! Hab da so meine Erfahrungen mit einigen Profs an der Uni sammeln dürfen.

Jedenfalls kann ich mir in Leandros Fall ganz entschieden und auch bildlich vorstellen, wie er hernach im Club ab einem bestimmten Punkt ganz einfach die Kontrolle über sich verliert und mir auf den halb verhüllten Fischnetzleib rückt.

Und der Gedanke macht mich ebenfalls an …

Damit wären also heute Nacht zumindest drei Männer im Spiel, mit denen ich mir Sex … *vorstellen könnte?*

Ach was, Noella, nenn die Dinge doch einfach beim Namen: mit denen du dir Sex wünschst, ganz eindeutig!

Okay, okay – bei Viktor und Leandro allerdings nur im Rahmen des Clubs, wohlgemerkt!

Im Club wären meine erotischen Wünsche ja gewissermaßen legitimiert.

Wir befinden uns dann auf extraterritorialem Gebiet,

wo alles möglich und alles erlaubt ist. Die Grenzlinie ist überschritten.

Patrick könnte nichts dagegen haben, ganz davon abgesehen, dass er schließlich auch dabei ist und mitmachen kann und soll.

Ich würde keinerlei Betrug begehen, müsste auch später nicht lügen und verheimlichen …

O ja, diese Gedanken und Fantasien machen mich ungeheuer an. Obwohl ich zugleich auch spüre, wie Lampenfieber in mir hochsteigt und dieses Magenkribbeln verursacht, das ich einerseits hasse, nach dem ich andererseits aber auch süchtig bin.

Eben kommt mir noch ein weiterer Gedanke, der mich allerdings schlagartig irgendwie ernüchtert!

Maya Brown wird ebenfalls mit von der Partie sein, und offenbar betätigt sie sich im Sadomaso-Bereich, wenn ich das, was ich aufgeschnappt habe, richtig interpretiere.

Das wiederum macht mich so gar nicht an.

Maya ist wunderschön, neiderregend schön, ich gestehe es – und sie mag mich nicht!

Und da ich von jeher Leute, die mich nicht leiden können, ebenfalls nicht mag, haben wir hier ein Problem!

Wenn ich nur daran denke, dass Viktor und Patrick zugleich um ihre Gunst buhlen könnten und sie dann beide vor meinen Augen tatsächlich lustvoll vögeln, treibt es mir glatt die Galle hoch.

Den bitteren Geschmack kann ich jetzt tatsächlich auf der Zunge spüren und – verdammt! – auch schmecken!

Igitt! Besser, ich putze mir jetzt rasch noch einmal die Zähne gründlichst mit scharfer amerikanischer Pfefferminzzahnpasta und versuche dabei, jeden Gedanken an Maya vorerst einfach auszublenden.

17

DER YOLANDA-CLUB

Ein schummriger großer Raum mit hoher Decke und einer umlaufenden Galerie, die an den beiden Stirnseiten jeweils über eine Treppe zu erreichen ist.

Von dem Hauptraum aus gehen zu allen vier Seiten verschiedene Türen ab. Hinter jeder von ihnen befindet sich jeweils ein kleinerer Raum, ausgestattet nach Art eines Séparées.

Es ist sehr warm hier im Club, verglichen mit den anderen Räumen und Passagierkabinen, die allesamt eher einem Eiskeller gleichen.

Die Klimaanlage läuft im Club lediglich auf Sparflamme und nur wenn unbedingt notwendig. Die Raumtemperatur ist dennoch sorgfältig gewählt und übersteigt nie ein erträgliches Maß.

Das Licht stammt aus verborgenen Quellen und ist so stark gedämpft, dass die Augen ein Weilchen brauchen, um sich an den Dämmerzustand zu gewöhnen.

Auch dieser Effekt ist sorgfältig ausgeklügelt.

18

VIKTOR

Mir gefällt es hier.

Angenehme Arbeitsatmosphäre. Nicht zu warm, aber warm genug, um ohne Kleidung herumzuspazieren. Nicht zu dunkel, aber gerade schummrig genug, dass vor allem die Frauen sich nackt wohl und nicht ausgezogen und bloßgestellt fühlen.

Temperatur und Lichtverhältnisse sind also geradezu ideal.

Nein, ich bin jetzt nicht sarkastisch, jedenfalls nicht mehr als sonst.

Ich habe schon unter ganz anderen Bedingungen arbeiten müssen!

In einem Filmstudio herrschen vergleichsweise knallharte Zustände. Zum einen ist es brüllend heiß durch die Scheinwerfer. Zum anderen ist es gleißend hell und laut noch dazu. Letzteres der vielen Menschen wegen um einen herum, die ebenfalls ihren Job machen müssen.

Als Pornodarsteller sollte man trotz allem einen hochkriegen, es gehört einfach zum Berufsbild.

Und zwar richtig hoch, nicht nur so gerade eben, wie oft im häuslichen Schlafzimmer, wo es durchaus ausreichen mag für eine nette kleine partnerschaftliche Penetrationsübung.

Im Filmstudio muss man dagegen wirklich und deutlich sichtbar hart ran, dazu auch noch Lust originalgetreu mimen, während ringsherum die Kameraleute durcheinanderwuseln und der Regisseur seinen Senf dazugibt, indem er Regieanweisungen brüllt.

Von meinem ganz privaten Ehrgeiz, meine Filmpartnerinnen vor laufenden Kameras tatsächlich sexuell zu befriedigen, mal ganz abgesehen: Es ist ein Knochenjob!

Der nach dem Dreh auch gleich weitergeht, damit man konkurrenzfähig bleibt – sprich im gnadenlos gleißenden Licht der Scheinwerfer weiterhin attraktiv aussieht.

Dazu müssen diverse Punkte abgearbeitet werden, und zwar täglich, wenn möglich. Und wenn nicht, dann erst recht!

Fitnessstudio. Gesunde Ernährung. Haut- und Körperpflege. Ganzkörperkosmetik samt Haarentfernung. Haarstudio für die tadellose Frisur auf dem Kopf. Erneut Fitnessstudio. Jogging – draußen in der freien Natur, der gesünderen Gesamtausstrahlung wegen. S-experimente – auch und gerade auf privater Basis, um neue Einfälle auszuprobieren oder nachzuturnen und die Potenz in Form zu halten.

Ein verdammt dichtes Programm also, das äußerste Selbstdisziplin verlangt.

Nicht mit einem Achtstundenbürojob zu vergleichen, wohlgemerkt.

19

PATRICK

Ich hatte es befürchtet: Viktor sieht einfach umwerfend aus in diesem heißen schwarzen Lederetui, das seine Kronjuwelen beherbergt und verhüllt und zugleich erst so richtig prachtvoll zur Schau stellt.

Auf der Rückseite lässt es die strammen Backen frei, damit auch alle den perfekten Knackarsch bewundern können!

Dazu trägt er eine Art Kettenhemd wie ein verdammter Ritter, damit man obendrein die breite Brust und die gestählte Bauchmuskulatur begutachten kann.

Die Macho-Stiefel trägt er auch wieder.

Alles in allem eigentlich eine unmögliche Kombination, jeder andere Kerl würde darin einfach lächerlich wirken, meine eigene Person eingeschlossen.

Aber er sieht darin einfach toll aus!

Nein, mich macht der Anblick nicht geil, ich stehe definitiv nur auf Frauen – mich macht Viktors Anblick neidisch, und das wiederum ärgert mich.

Sorry, Vic!

Aber gegen diese erbärmliche Gefühlslage komme ich momentan einfach nicht an.

Wäre die Herzensprinzessin jetzt nicht neben mir, würde mich deine Anwesenheit im Club und in dieser Kostümierung vermutlich amüsieren – der bereits versammelten weiblichen Gästeschar wegen.

Die Damen sind allesamt äußerst luftig bekleidet und tragen Augenlarven wie im Karneval, aber ins Gesicht schauen ihnen ohnehin die wenigsten der anwesenden Männer.

Außer mir.

Die hungrigen Blicke der Ladys sprechen nämlich Bände … Ich sehe dich schon auf einem der hölzernen Tische liegen, mein Freund. Mit weit gegrätschten Beinen und ebensolcher Armhaltung.

Angekettet an Handgelenken und den strammen Waden, während sich eine nach der anderen der Damen hurtig über dich hermacht.

Dabei würde und werde ich gerne zuschauen, aber falls meine schöne Nixe hier auf dieselbe Idee kommt und dich ebenfalls vernaschen will … Einerseits törnt mich der bloße Gedanke daran schon an, andererseits spüre ich dieses panikartige Ziehen in der Herzgegend – oder kommt es vom Magen? Egal, jedenfalls fühlt es sich merkwürdig an, nicht wirklich gut, obwohl mein Schwanz bereits zuckt und damit eine ganz andere Sprache spricht.

Aber jetzt kommt gerade eine Frau herein, großer Gott, was für ein Anblick!

Nun erkenne ich sie, obwohl sie eine Gesichtsmaske trägt und von Kopf bis Fuß in schwarzes Leder gehüllt ist, bis auf die Brüste und den vollkommen rasierten

Schambereich: Im Schritt klafft der Ganzkörperlederanzug weit auseinander.

Die hüftlange dunkle Mähne schwingt ihr offen um die Schultern und glänzt sogar in diesem Dämmerlicht noch.

Spätestens an der Haarpracht erkenne ich sie auch eindeutig.

Maya Brown alias Bai Ling.

Ich muss gestehen, es gelingt mir momentan nicht, die Augen von ihrem ledernen Anblick loszureißen.

Sie sieht einfach zu scharf aus als Ledermaid!

Ich kriege kaum mehr Luft hier drinnen, oder habe ich eben den Atem einfach angehalten?

Oh, verdammt aber auch, genau … reiß dich zusammen, Patrick … du magst Maya nicht einmal besonders, sie ist viel zu kühl, viel zu herablassend in ihrer Art, und sie ist außerdem nicht dein Typ.

Meine Geilheit und meinen Schwanz allerdings kümmert dies herzlichst wenig!

Ich muss mir selbst gegenüber eingestehen: Falls sich gleich auch nur die geringste Gelegenheit dazu ergeben sollte, werde ich versuchen, ihn Maya da unten reinzuschieben.

Dabei brauche ich sie ja nicht einmal zu berühren, die entscheidende Stelle liegt bereits frei.

Es wird keine Intimität aufkommen.

Ich kann sie benutzen wie eine Fickmaschine.

Ich will, dass Noella dabei zusieht und zwischendurch an Mayas Nippeln saugt.

Ich weiß nur noch nicht, wie ich es anstellen werde …

20

NOELLA

Im Augenblick, wo wir im Club sind, verfliegt meine Nervosität schlagartig. Es ist alles ganz einfach, sobald die schwere Tür sich hinter uns schließt.

Damit hatte ich nicht gerechnet, aber es belustigt mich irgendwie. Ich scheine wohl gerade wieder einmal neue Seiten an mir zu entdecken.

Andererseits habe ich mir vorhin beim Verlassen unserer Kabine noch gesagt: Als zukünftige freie Journalistin sollte ich das Ganze als willkommene und günstige Recherchegelegenheit betrachten.

Aus dem kleinen Abenteuer hier auf der *Yolanda* lässt sich mit Sicherheit ein prima Artikel basteln.

Nächste Idee: Ich muss Viktor dazu bringen, mir seine kostbare winzige Digitalkamera auszuleihen.

Oder er schießt die Fotos gleich selbst für mich, immerhin ist er im Hauptberuf unter anderem Fotokünstler und auch noch in diesem besonders delikaten Bereich »Pornografie« zu Hause.

Vielleicht sollte ich ihm einen Teil meines späteren Honorars anbieten? Oder die Redaktion kauft die Fotos zum Artikel direkt von ihm.

Wir werden uns schon irgendwie einigen.

Ich schreite also nunmehr neugierig und hellwach an Patricks Seite durch die Tür des Clubs, schäme mich dabei keineswegs meiner kaum verhüllten Nacktheit, im Gegenteil, ich fühle mich überraschend wohl dabei.

Ich genieße sogar die gierigen Blicke, die sich bei unserem Eintreten sofort auf uns richten, hauptsächlich wenn ein vor Testosteron strotzender Männerkörper zu der Augenlarve gehört.

Ja, es törnt mich höllisch an, mich so freizügig – beinahe splitternackt – unter all diesen Leuten zu bewegen, wohl wissend, dass ich ihnen momentan genauso als Rechercheobjekt diene wie sie mir.

Das abfällige Wort *Lustobjekt* vermeide ich an dieser Stelle absichtlich, denn Lust ist etwas Individuelles und Schönes und hat Besseres verdient, als auf diese ironisch-herablassende Art objektiviert zu werden. Und außerdem sind alle hier herinnen freiwillig da und wissen obendrein, warum sie das tun!

Rasch gewinnt außerdem meine Neugierde immer mehr die Oberhand, ich bin so sehr gespannt auf das, was hoffentlich gleich kommen wird, ich kriege glatt eine Gänsehaut davon.

Meine Brustknospen werde von alleine hart, und natürlich sieht das in dem Netzkleid hinreißend aufreizend aus.

Als Nächstes bemerke ich, wie meine Möse erst zu jucken und schließlich regelrecht zu fließen beginnt.

Und dann entdecke ich auch schon Viktor in seinem

heißen Aufzug, und mein normalerweise hellwacher Verstand schaltet sich endgültig ab.

Dafür lässt die schlagartig erhöhte Hormonausschüttung meinen Puls losrasen, mein Herz, mein Blut kochen. Mein gesamter Körper reagiert folgerichtig von Kopf bis Fuß mit einer ausgeprägten Hitzewallung.

Dann folgt der bühnenreife Auftritt von Madame Maya.

Auch sie sieht absolut scharf aus, und ihr Erscheinen bereitet mir keinerlei Unbehagen, obwohl ich darauf vorhin noch eine Wette hätte abschließen können.

Bin ich wirklich noch ich dieses fiebrige Bündel Mensch? Oder habe ich mich mit dem Eintreten in diesen Club in eine völlig andere Frau verwandelt? In ein sexbesessenes Biest, eine männerverschlingende Sirene, ein geiles Miststück? – Ich hoffe es, denn dann werde ich in Kürze eine völlig neue Lebenserfahrung hinzugewinnen!

Ich halte im Übrigen immer noch ganz fest Patricks Hand umklammert, wie mir gerade auffällt.

Es ist fast so, als gäbe sie mir erst die nötige Sicherheit, damit ich mich hier wohlfühlen kann.

Oh, und wer ist das jetzt?

Eben tigert eine fast nackte blonde und üppig gebaute Frau an uns heran.

Sie trägt lediglich über beiden Brustwarzen eine Art Minifransenteppich, die Dinger schillern in verschiedenen Farben und verhüllen und betonen auf raffinierte Weise die interessantesten Spots.

Ein ebensolches Ding, nur etwas größer, baumelt

auch genau über ihrer Schamgegend, ansonsten ist die Lady total nackt.

Na ja, bis auf ein Paar hochhackiger Sandalen und die schwarze Augenlarve natürlich, die wir ja alle tragen hier im Club.

Sie schlängelt sich doch tatsächlich so eng und regelrecht unverschämt an Patrick heran, dass ich seine Hand loslassen muss, und dann gurrt sie auch noch: »Nice to see you, darling!«

An der etwas rauchigen Stimme erkenne ich sie.

Klar, es ist diese Engländerin, Jessy, die sich neulich auch schon an Viktor rangemacht hat.

Ich bin wie erstarrt, ich weiß nicht, was ich tun soll momentan: Es ist offensichtlich, dass dieses Weibsbild es sich in den Kopf gesetzt hat, demnächst meinen Sunnyboy zu vernaschen!

Ich bin innerlich hin und her gerissen – meine Emotionen brodeln hoch wie in einer Hexenküche.

Einerseits bin ich geradezu entrüstet, weil eifersüchtig, ich muss es mir selbst eingestehen.

Wie kann sie es wagen, er ist mein Kerl!

Andererseits fühle ich mich auch seltsam erregt von der Aussicht.

Patrick steht allerdings selbst reichlich verdattert da, ich denke mal, es geht ihm momentan genauso wie mir.

Zwischen innerem Widerstand und Erregung, zwischen treu-verliebter bedingungsloser Hingabe an mich und seiner männlichen natürlichen Geilheit.

Es wird also an mir liegen, was zwischen Jessy und

meinem Mann jetzt gleich passiert, das wird mir im Bruchteil einer weiteren Schrecksekunde klar.

Also müsste ich jetzt eigentlich etwas tun, irgendwie eingreifen, im Guten oder im Bösen.

Falls ich nichts unternehme, greift Jessy ihn sich endgültig, ihre Hand legt sich bereits besitzergreifend über die deutliche Ausbuchtung in Patricks kurzer, weil abgeschnittener und dazu ausgefranster Strandjeans, die übrigens das einzige Kleidungsstück ist, das er im Moment auf dem Leib trägt.

Ihre großen festen Brüste mit diesen lächerlichen Vorhängelchen an den Nippeln reiben sich bereits an seinem breiten muskulösen Brustkorb.

Und mir wird schon vom Zusehen heiß und kalt!

Heiß, weil der Anblick durchaus etwas Erregendes hat.

Und kalt natürlich, weil gleichzeitig dieser mühsam unterdrückte Besitzanspruch in mir tobt und sein Recht fordert.

Was tut Frau in einem Swinger-Club in einem solch heiklen Moment?

Viktor ist es, der mich jetzt aus dieser Zwickmühle erlöst, indem er zu uns herüberkommt, mich einfach bei der Hand nimmt und sagt: »Kommt mit ihr beiden! Maya hat einen besonderen Gast in einem der Séparées. Er ist einverstanden, dass sie heute Zuschauer mitbringt. Das Schauspiel dürft ihr euch nicht entgehen lassen.«

Patrick beugt sich zu mir herunter und flüstert in mein Ohr: »Bist du auch sicher, dass du das willst?

Wenn es dir zu viel wird, dann gehen wir, du brauchst mir nur ein Zeichen zu geben, okay?«

»Ja, klar!«, sage ich und finde mich ziemlich cool und abgebrüht und lässig. Alles zugleich.

Ich bringe es sogar fertig, der ob der Störung leicht irritierten Jessy schwesterlich zuzuzwinkern und dabei zu denken: *Mach dir nichts draus, Babe, ich entführe nur eben schnell mal meine beiden Schwänze … äh … Männer nach nebenan für eine kleine intime Showeinlage. Man sieht sich, Süße …*

Und dann lasse ich mich von Viktor an der Hand mitziehen.

Patrick bleibt hinter mir, während Jessy sich umwendet und sofort ein anderes Opfer ausguckt, an das sie sich heranpirscht.

Ich glaube, es handelt sich dabei um den Oberboss persönlich, um Leandro O.!

Er trägt eine richtige Gesichtsmaske, dafür ist er aber ansonsten nackt, und meine Augen huschen ungeniert über seinen Körper zwecks näherer Identifizierung.

Ja, ich denke, er ist es tatsächlich.

Die anderen Männer hier sind alle viel größer und breiter, es gibt keinen Zweifel mehr für mich.

Ohne Kleidung sieht sein Body eigentlich gar nicht übel aus.

Er ist zwar insgesamt eher schmächtig gebaut, aber mit durchaus netten Muskeln an den richtigen Stellen gespickt – und er besitzt einen überraschend großen und schönen Schwanz.

Schon regt sich bei diesem erfreulichen Anblick wieder so etwas wie Ärger oder sogar Eifersucht, weil diese Zicke von einer Engländerin alles abgreift, was ich auch gerne … ausprobieren würde!

Viktor raunt jetzt leise neben mir – *Will er mich ablenken? Habe ich zu offensichtlich gestarrt? Immerhin hat Leandro auch etwas gemerkt und ebenfalls herübergestarrt! Himmel, wie benimmt man sich richtig in einem Swinger-Club?? Ist gieriges Starren erlaubt, erwünscht oder strikt verpönt? Ich hätte vorher fragen sollen, Viktor zum Beispiel!* –: »Weißt du, wie ungeheuer verführerisch du in dem Aufzug wirkst, Herzensprinzessin? Wenn dir später nach Séparée zu zweit ist, dann lass es mich merken, ja?«

Ich sage nichts, nicke nur, obwohl ich erfreut bin über seinen Vorstoß in die richtige Richtung.

In meiner Möse pocht und juckt es nämlich mittlerweile immer heftiger, darüber hinaus scheine ich regelrecht auszulaufen.

Ich bin absolut erregt, ich bin geil, anders kann man den Zustand nicht bezeichnen.

Am liebsten würde ich mir eine Hand zwischen die Schenkel schieben, das ist im Swinger-Club sicher nicht verpönt, oder doch?

Im nächsten Augenblick allerdings wird meine Aufmerksamkeit schon wieder anderweitig benötigt: Viktor dirigiert mich soeben sanft in einen der Seitenräume, die Tür ist nur angelehnt, er stößt sie mit einem sachten Stiefeltritt weiter auf.

Als Erstes sehe ich Maya in voller Pracht dort stehen.

Sie hält eine dünne Reitpeitsche in den Händen und scheint eben mit ihren schlanken eleganten Fingern deren Einsatztauglichkeit zu prüfen.

Dann bemerke ich, dass wir uns offenbar in einer Art Folterkammer befinden.

Die Wände sind komplett schwarz gestrichen, nur einige kräftige rote Farbspuren heitern das Ganze optisch etwas auf, obwohl ich den Verdacht hege, die rote Farbe soll den gruseligen Eindruck eher noch verschärfen. Nun ja.

Jedenfalls besteht der restliche Wandschmuck aus allerlei Gerätschaften, die mich sofort verteufelt an gewisse mittelalterliche Folterszenen in historischen Filmen erinnern.

Schlagartig ist meine Geilheit dahin, mir wird jetzt sogar leicht übel von dem Anblick, und schuld daran ist meine überbordende Fantasie. Trotzdem schleiche ich näher heran und mustere die Gerätschaften eingehender. Immerhin habe ich beschlossen, ernsthaft in diesen Swinger-Kreisen zu recherchieren, und wenn dies hier der Preis dafür ist, dann muss ich ihn eben zahlen.

Meine Abscheu steigt allerdings bei der Musterung weiter an, weil ich mir durchaus sehr plastisch vorstellen kann, was diese Instrumente alles anstellen und zerstören könnten – hoffentlich plant Maya nicht, die Dinger etwa an einem von uns auf ihre Einsatztauglichkeit hin zu testen.

Dann habe ich schlagartig einfach genug. Ehe mir richtig schlecht wird, muss ich schnell wegsehen, und ich drehe dem eigentlichen Geschehen hastig den Rücken zu.

Es ist nun einmal so: Ich kann den Anblick von Blut und Schmerzen, die Personen oder Tieren zugefügt werden, absolut nicht ertragen.

Nicht einmal im Kino oder im Fernsehen.

Ich kann ebenfalls nicht dabei zusehen, wenn mir selbst oder einem anderen beim Arzt Blut abgenommen oder eine Spritze verpasst wird.

Ich muss dann immer sofort wegsehen, meine Muskeln und mein Magen krampfen sich unwillkürlich zusammen, mir wird übel.

Nur weil Viktor immer noch meine Hand hält und ich seine körperliche Gegenwart weiterhin schlichtweg berauschend finde, drehe ich mich jetzt nicht um zur Tür und renne panisch hinaus.

Abgesehen davon, dass mich sowohl der Anblick des halbnackten Viktor als auch der hoch erotisch lederverpackten Maya doch ziemlich anmacht.

Ich bin also an diesem bemerkenswerten Abend ein weiteres Mal erregt und abgestoßen zugleich.

Hallelujah!

Schließlich fällt mein umherschweifender Blick auf die hölzerne Folterbank, vor der Maya sich in gebieterischer Pose aufgebaut hat.

Auf dem Ding liegt ein angeketteter vierschrötiger und vollständig nackter Männerkörper, der überall reichlich behaart ist. Und mich sofort an einen Gorilla erinnert, den ich als kleines Mädchen einst im Zoo sah und der mich durch das Fletschen seines eindrucksvollen Gebisses damals in Angst und Panik versetzt hatte.

Gedrungene, breite behaarte Brust, relativ kurze, stämmige stark behaarte Beine und ebensolche Arme. Alle vier Gliedmaßen liegen in Ketten. *John McCullon.*

Dieser Gorilla hier trägt einen mir bekannten Namen, und ich kann ihn darüber hinaus auch körperlich identifizieren, was zusammen mich durchaus beruhigt. Warum, weiß ich nicht.

Ich fahre mit der Musterung fort.

Sein Schwanz ist zwar kurz, dafür aber auffallend dick und bereits halb erigiert.

Der Hodensack scheint überproportional lang und groß zu sein, jedenfalls habe ich noch nie zuvor dermaßen große Eier bei einem Mann gesehen.

Während ich noch meine vergleichenden Betrachtungen anstelle, saust plötzlich ohne jede Vorwarnung die Peitsche durch die Luft und klatscht auch schon über die Oberschenkel des Delinquenten.

Ich höre jemanden aufschreien und stelle beschämt fest, dass ich selbst es bin!

McCullon hingegen entfährt nur ein leises Knurren, obwohl sein Körper zuckt und die Peitsche einen ersten sichtbaren Abdruck auf seiner Haut hinterlassen hat.

Als Nächstes fühle ich den Knauf der Peitsche unsanft in meiner eigenen Seite, während Maya mich gleichzeitig anherrscht: »Wenn das noch mal passiert, fliegst du raus, verstanden!«

Ich fühle Wut und Panik zugleich in mir hochsteigen.

Wut darüber, wie sie mit mir umspringt. Und Panik, weil ich erkenne, dass ich hier rauswill, mir aber vor Patrick und Viktor auch keine Blöße geben möchte.

Der nächste Peitschenhieb trifft bereits McCullons Geschlechtsteile, und jetzt bäumt er sich doch auf in den Fesseln und stößt auch einen kurzen, unterdrückten Schrei aus, der aber gleich wieder erstirbt, als Maya ihn in scharfem Ton anherrscht.

Ich bin mir nicht sicher, bilde mir aber ein, seine riesigen Eier anschwellen zu sehen, außerdem scheinen sie die Farbe zu wechseln und schimmern jetzt bläulich lila. Nun jedoch kann ich wirklich nicht mehr: Ich drehe mich um und flüchte.

Patrick folgt mir sofort, und auch Viktor kommt uns nach.

»Alles in Ordnung?«, fragt er mich, als wir draußen sind.

»Nein!«, fauche ich. »Ich finde das zum Kotzen. Das hat mit Erotik und Lust nichts zu tun, jedenfalls nicht für mich! Ihr haltet mich jetzt sicher für eine verklemmte Spießerin, aber das ist mir piepegal. Und außerdem passt es mir nicht, wie Maya mich eben behandelt hat. Wenn dieser Typ es geil findet, geschunden zu werden, okay, es ist sein Leben! Aber ich habe nicht darum gebeten, soviel ich weiß, oder?«

Patrick und Viktor wechseln einen raschen Blick miteinander, was mich unbegreiflicherweise noch mehr in Fahrt bringt.

»Ihr seid beide Vollidioten!«, erkläre ich und heule dabei fast los, irgendwie scheinen meine Nerven im

Moment bloßzuliegen. Also haste ich davon, weil ich meinen Ärger und meine Scham nicht mit den beiden »Vollidioten« teilen möchte.

Kurz bevor ich die Ausgangstür des Clubs erreiche, packt mich jemand sanft am Arm und stoppt mich.

»Bleib, bitte, ich habe gerade einige Flaschen Champagner öffnen lassen! Entspann dich, Noella!«

Überraschend sanft und warm und gelöst klingt diese Männerstimme, und mir läuft ein angenehmes Kribbeln den Rücken hinunter.

Leandro O., unverkennbar!

Er legt mir jetzt vertraulich seine warme Hand seitlich in die Taille, und das Kribbeln verstärkt sich prompt.

Ich mag auch die höfliche, ja galante Art, mit der er mich heute anspricht, sein Tonfall schmeichelt mir, und das soll es wahrscheinlich auch, mir wird sofort klar, dass Leandro mich verführen will, nicht nur zum Champagner, und zum Teufel, warum auch nicht?

Ich bin schließlich heute Nacht hier, um etwas zu erleben.

Wenn schon meine Sadomaso-Bedürfnisse extrem unterentwickelt zu sein scheinen, dann sollte ich wenigstens dieses verlockende Angebot hier wahrnehmen.

Ich lasse mich von Leandro – er legt dazu zärtlich einen Arm um meine Taille – hinüberführen in eine entfernte dunkle Ecke am anderen Ende des Clubraums, wo eine bequeme kuschelige Sitzgruppe auf uns wartet.

»Setz dich, Noella. Ich bin gleich wieder bei dir!«

Leandro geht davon, und ich starre wie gebannt seinem nackten Knackarsch hinterher und kann das alles irgendwie nicht fassen.

Trotzdem oder vielleicht auch gerade deswegen meldet sich jetzt auch meine Geilheit von vorhin zurück.

Um mich herum vernehme ich plötzlich deutliche Laute der höchsten Lust, und ich sehe mich – erneut richtig neugierig geworden – um und bemerke nun auch diverse Pärchen, die ineinander verschlungen sind und es teilweise recht heftig miteinander treiben.

Manche lehnen dazu an den Wänden und machen es im Stehen. Andere wälzen sich lüstern auf dem Boden herum, oder sie treiben es ganz ungeniert zu viert auf einer Art Liegewiese aus Matratzen ganz in meiner Nähe.

Als Nächstes fällt mir dann der Geruch auf – anscheinend stellen sich alle meine Sinne etappenweise auf die schwülstige Atmosphäre ein –: Hier riecht es streng nach Sex.

Ich kenne den Geruch nur zu gut, denn er hängt ja auch jeden Morgen wie eine Wolke in unserer Kabine.

Hier im Club allerdings riecht es noch viel stärker, da momentan mindestens neun oder zehn Pärchen dabei sind, dieses umwerfende Aroma zu erzeugen.

Auch die Geräuschkulisse steigert sich vernehmbar, es klingt nach Gruppensex und Pornofilm.

Natürlich, wie könnte es auch anders sein, denke ich und muss unwillkürlich grinsen. Meine gute Laune vom Beginn ist ebenfalls zurück, dem Himmel sei Dank.

Ich stelle fest, dass mein eigener Erregungslevel parallel zu den entsprechenden Geräuschen bereits wieder ansteigt und ich starke Lust auf einen Schwanz bekomme.

Wo stecken Patrick und Viktor?!

Ich blicke mich etwas hektisch um, kann sie aber nirgends entdecken, was mich erneut beinahe in Panik versetzt … *Sind sie etwa zurück ins Séparée, wo Maya den Folterknecht gibt? Ohne mich?!*

Weil Leandro noch nicht zurück ist, beschließe ich, einen raschen Ausflug hinüber zu der Tür machen, die ich mir gemerkt habe – für alle Fälle –, um wenigstens einen kurzen Kontrollblick dahinter zu riskieren.

Immerhin will ich meine beiden Kerle bei mir in der Nähe haben und nicht dieser Ledermaid überlassen!

Bei meinem Spurt springe ich über einige nackte, miteinander kopulierende Körper hinweg und reiße die Tür zur Folterkammer auf.

Genau im richtigen Moment übrigens, wie ich gleich feststellen kann.

Denn McCullon liegt mittlerweile nicht mehr angekettet auf der Folterbank, sondern kniet vor Maya auf dem Boden und ist sichtlich hingebungsvoll damit beschäftigt, ihr die rasierte Möse mit Hilfe seiner dicken, fleischigen rosa Zunge zu lecken.

Sie feuert ihn dabei noch an: »Stärker, Sklave, und härter, viel härter. Tiefer, hörst du! Oder muss ich dir wieder die Peitsche geben?«

Er hechelt und japst und stößt jetzt tatsächlich seine Zunge hart in ihre Möse, tief hinein, ich kann es genau sehen und auch, wie die Zunge jetzt da drinnen regelrecht zu kreiseln beginnt.

Die Szene wirkt tatsächlich erregend auf mich, und ich kann meine Augen nicht losreißen, obwohl ich mich gleichzeitig irgendwie dafür geniere.

Allerdings tut Maya immerhin so, als würde sie mich gar nicht bemerken.

McCullon hingegen bemerkt meine Anwesenheit mit Sicherheit nicht, er ist dermaßen beschäftigt, schnauft auch schwer dabei, sein mächtiger Brustkorb hebt und senkt sich im Takt seiner Zungenschläge.

Sein gedrungener Schwanz ragt steil zwischen den stark behaarten Schenkeln empor, mit knallroter Haube, und zuckt sichtlich vor Vergnügen, auch wohl deshalb, weil sein Besitzer ihm mittels der Rechten eine ordentliche Handmassage verpasst.

Im nächsten Moment unterbricht John McCullon dann auch schon sein Zungenspiel an Leder-Mayas Möse, weil es ihm gerade kräftig selbst kommt. Während er abzuspritzen beginnt, röhrt er auf wie ein Hirsch in der Brunftzeit.

In hohem Bogen ejakuliert er dazu portionsweise mehrere kräftige Ladungen Sperma auf Mayas schwarze Lederkluft.

Dabei pumpt er wie ein Maikäfer, der vom Flug erschöpft ist. Seine Oberschenkel zittern stark, während er sich beim Abspritzen in den Kniekehlen zurücklehnt, damit die Bahn des Spermas auch ja diese geilen Spuren auf Mayas Ledermontur schreiben kann.

Ich bin einerseits total fasziniert – diese kleine

O.-Szene zum Schluss hat mich jetzt doch tatsächlich noch weiter angetörnt – und weiß andererseits nicht, ob das für mich in der momentanen Lage gut ist oder eher schlecht.

Denn eines ist auch klar: Weder Viktor noch Patrick befinden sich mit im Raum!

Vorsichtig trete ich den Rückzug an und schließe die Tür der Folterkammer wieder ordentlich hinter mir.

Ich streiche leise und hoffentlich fast unsichtbar wie eine Katze auf der Jagd durch den großen Saal zurück in meine Kuschelecke, um mich dort mit Leandro zu treffen.

Aufmerksam betrachte ich unterwegs die verschiedenen Stellungen, in der sich die nackten oder halbnackten Clubgäste miteinander vergnügen.

Nichts wirklich aufregend Neues dabei, stelle ich fest. Und bin geradezu ein bisschen enttäuscht, frage mich dann aber, was ich denn erwartet habe?

Einen doppelten Rittberger oder Bumsen im Kopfstand?

Patrick und Viktor kann ich weiterhin nirgends entdecken, und ich weiß wieder einmal nicht, ob ich das gut oder schlecht finden soll!

Ich meine, es gibt ja eigentlich nur zwei Möglichkeiten: Entweder haben sie sich mit jemandem in irgendwelche Séparées verzogen, oder sie sind nicht mehr im Club und haben mich hier alleine gelassen.

Dann jedoch denke ich, dass die beiden Süßen auf diese Weise wenigstens nicht mitbekommen, was ich möglicherweise jetzt gleich mit Leandro O. treiben werde.

Diese Idee beflügelt mich einigermaßen, und ich erreiche tatsächlich die Kuschelecke, ehe der Yachtbesitzer mit einer Schampusflasche und zwei Gläsern hier wieder auftaucht.

Er schenkt ein und reicht mir einen der Kristallkelche.

»Trink, Noella. Besseren Champagner bekommst du in ganz Frankreich nicht.«

Und tatsächlich, der edle Stoff ist überaus köstlich – ein wenig kenne ich mich bei Champagner aus, zumindest bemerke ich die höchste Qualität sofort auf der Zunge: Hier handelt es sich eindeutig um besten Stoff!

Und ich bin unglaublich durstig, wie ich ebenfalls merke. Das erste Glas schütte ich einfach in mich hinein wie Prickelbrause.

Der edle Tropfen hat eine solche Behandlung zwar nicht verdient, aber was soll man machen bei der Hitze in diesem Raum und bei allem anderen hier um einen herum?

Der Schampus erfrischt und berauscht mich gleichzeitig, meine sämtlichen sinnlichen Antennen richten sich auf und stellen auf Wahrnehmung um.

Ich halte Leandro meinen Kelch hin, damit er ihn erneut auffüllen kann. Wieder trinke ich das Glas fast in einem Zug leer, ich mag die beschwingte und gelöste Stimmung, in die mich insbesondere Champagner seit jeher zu versetzen vermag.

Und dann bemerke ich erstmals die Riesenleinwand an einer der Längswände im Saal.

Dort flimmert gerade einer der härtesten Pornostreifen, die mir je vor Augen gekommen sind.

Nicht dass ich überdurchschnittlich viel Erfahrung mit dieser Art Filmkunst hätte, aber einiges habe ich doch schon gesehen.

Leandro zieht mich mit sich hinunter auf die Kuschelsitzgruppe, schmiegt sich an mich, und wir gucken gemeinsam Porno wie ein Ehepaar auf Luxuskreuzfahrt, während wir weiter genüsslich unseren Champagner schlürfen.

Der Porno ist echt der Hammer …

Es wird auch ausgepeitscht und anderweitig »gefoltert«, dabei muss ich meistens wegsehen, aber je betrunkener ich werde, desto tiefer sinkt auch in dieser Beziehung meine Hemmschwelle, und ich kann mich schließlich sogar einer gewissen Faszination nicht mehr erwehren.

Außerdem spielt Leandros linke Hand durch die Maschen meines Netzkleides hindurch mit meinen Knospen, die hart und härter dabei werden und Lustwellen bis hinunter in meine Möse senden.

Die ist ohnehin schon pitschnass vom Porno-Schauen.

Was ich dort sehe, erregt mich viel mehr als die Foltereinlagen vorher, und ich entspanne mich mehr und mehr, wobei ich bereits mein drittes Glas Champagner leere.

Leandros Hand wandert derweil weiter meinen Körper entlang hinunter, was ich einfach geschehen lasse, immerhin sind wir im schiffseigenen Swinger-Club!

Und wer bin ich, mich hier und jetzt plötzlich zickig anzustellen und die freche Hand zu verjagen?

Hicks ... ich doch nicht!

Ich bin ... upps ... eine moderne aufgeschlossene junge angehende Journalistin, die gerade heftigst unter Ganzkörpereinsatz recherchiert, jawoll!

Während ich gebannt das Geschehen auf der Leinwand verfolge, steckt Leandro mir zwei Finger in die Möse, und ich stöhne erfreut, weil ich jetzt wirklich geil bin und einfach irgendwas in meiner Möse brauche!

Auf der Leinwand gibt es einen sekundenlangen Filmschnitt.

Dann sieht man plötzlich das lustverzerrte Gesicht der Darstellerin, sie scheint gerade einen heftigen Orgasmus zu haben, jedenfalls kreischt sie auch noch lauthals los dabei.

Ein neuerlicher Filmschnitt.

Leandro schiebt mir unterdessen einen dritten Finger hinein, ich stöhne lauter, weil er mich jetzt mit dem Trio hart zu ficken beginnt und ich außerdem einen kurzen Seitenblick auf seine stattliche Erektion erhaschen kann, ehe der Pornostreifen mich wieder in Anspruch nimmt.

Ich trinke mein viertes Glas Schampus, ohne die Augen von der Leinwand zu lassen, mir ist beschwingt und heiter und frivol-sexy zumute, außerdem fühle ich meinerseits und durchaus dankbar einen ziemlich starken Orgasmus nahen, den mir Leandro freundlicherweise bereitet.

Ohne den Porno und den Schampus hätte Leandro kein so leichtes Spiel gehabt …

Nachdem meine Zuckungen nachgelassen haben, zieht Leandro die Finger aus mir heraus und legt sich selbst in den bequemen Polstern zurück.

Sein Schwanz ragt steil in die Luft, er deutet mit einem Zeigefinger direkt darauf und sagt doch tatsächlich in gebieterischem Tonfall: »Work! Arbeite!«, ehe sein Kopf zurücksinkt und er die Augen schließt.

Das Schicksal schickt mir die Rettung in Gestalt einer auffallend rothaarigen Lady namens Claire vorbei, die gerade ganz in der Nähe im durchsichtigen Hänger-Babydoll eher verschüchtert vorüberstreift – und zwar ohne jede Begleitung.

Viktor hatte mir neulich in der Bar bei ihrem Anblick zugeflüstert: »Claire macht äußerlich auf Vamp, aber ich bin mir sicher, sie ist im Grunde schüchtern. Die Haarfarbe sagt in ihrem Fall gar nichts!«

Ich beschließe, Viktors weitaus größerem Erfahrungsschatz zu glauben und Claire über den anfänglichen Hemmschwellenpunkt hinwegzuhelfen und mache leise: »Psst-psst-psst, Claire?«

Sie guckt tatsächlich, und ich winke sie mittels meines Schampusglases herüber, während ich mit der anderen Hand Leandros Schwanz bearbeite.

»Mit dem Mund, Mädchen!«, fordert Leandro gerade in dem Moment lautstark, als Claire neben mir niederkniet.

Genau wie Viktor ist mir ebenfalls in den letzten Tagen mehrfach aufgefallen, dass Vampchen-Claire nichts gegen einen Annäherungsversuch von Seiten Leandros einzuwenden hätte. Sie war nämlich jederzeit und deutlich sichtbar bereit, ihn heftig anzuschmachten.

Ich beschließe, dieses Wissen jetzt schamlos zu meinen Gunsten anzuwenden, und mache ihr ein weiteres lautloses, aber deutliches Handzeichen.

Sie kapiert wirklich schnell: Schon beugt sie sich vornüber und nimmt Leandros Schwanz in den Mund.

»Tiefer! Fester!«

Claire gehorcht gerne und beginnt auch schon mit der Arbeit.

Ich erhebe mich leise und vorsichtig und mache mich davon.

Nur zwei Minuten später mache ich eine Entdeckung, die mir fast die Luft nimmt und mir ein für alle Male beweist, dass ein Besuch im Swinger-Club nicht wirklich zu meinen erotischen Favoriten zählt.

Ich entdecke nämlich zuerst Viktor, der sich gerade mit einer großen brünetten Amerikanerin namens Joan beschäftigt, die schon seit Tagen um ihn herumgeschlichen war wie eine Katze um den sprichwörtlichen heißen Brei.

Da die Dame nicht alleine reist, sondern mit einer offensichtlich eifersüchtigen Intimfreundin namens Mona die Kabine teilt, hatte sie sich andererseits wohl zurückhalten müssen.

Aber heute und hier im Swinger-Club lässt sie alle Hemmungen fallen, Mona ist auch nicht zu sehen – vielleicht ist sie in der Kabine geblieben und sieht fern?

Jedenfalls kniet Viktor zwischen Joans weit gegrätschten Beinen und schickt sich gerade an, ein Kondom überzustreifen.

Ich merke, dass ich ihn am liebsten von der Amerikanerin wegzerren würde, und drehe mich rasch weg. Immerhin macht er nur seinen Job, dafür hat Leandro ihn angeheuert, dagegen richtet auch meine Eifersucht nichts aus.

Überhaupt – wie komme ich dazu, eifersüchtig zu reagieren? Vielleicht, weil ich als Einzelkind nie gelernt habe, teilen zu müssen?

Mein alleinerziehender armer Paps hatte ja alle seine Gefühle für mich reserviert, bis ich erwachsen genug war und eigene Wege ging, erst dann hat er sich auch offiziell eine Geliebte angelacht. Ich bin also verwöhnt, das ist alles!

Mal ganz abgesehen davon, dass ich mit Viktor nicht liiert bin und wohl auch nie sein werde …

Aber dann sehe ich als Nächstes Patrick, vor dem soeben diese englische Kuh namens Jessy in die Knie geht, wohl um ihm einen ordentlichen Blowjob zu verpassen.

Mein Sunnyboy hat allerdings einen eher gequälten Ausdruck um den Mund herum, und ich schreite spontan zu seiner Rettung: »Patrick, nein!«, rufe ich halblaut, und er hört mich auch.

Sofort schiebt er Jessy an den Schultern von sich weg und hilft ihr auf die Füße.

Nur Sekunden später ergreift er meine Hand, und wir verlassen gemeinsam den Club.

»Ich habe kein Talent zum Swingen, tut mir leid,

Sunny!«, sage ich draußen. Heißt im Klartext: Ich habe keinen Bock dazu, weil ich meinen Liebsten nicht teilen will und kann. Basta.

»Ich auch nicht!«, gibt Patrick zu meiner freudigen Überraschung zurück. »Ich habe dich mit Leandro gesehen, wie ihr zusammen den Porno geschaut habt, und das allein hat mir bereits vor Eifersucht den Magen umgedreht. Ich musste sogar für eine Weile raus aus dem Club und in die Kabine, um mich abzuregen. Viktor ist mir nachgegangen und hat mir schließlich den Kopf gewaschen und mich wieder reingeholt. Er meinte, es sei alles meine eigene Schuld, und wer A sage, der müsse eben auch B sagen, und all dieses Zeugs, das ich selbst weiß!«

»Warum hast du mich nicht weggeholt, wie ich dich eben?«, frage ich trotz dieses Eingeständnisses.

»Weil Viktor Recht hat. Es ist alles meine Schuld, und du musst deine Chance haben, selbst rauszufinden, was dir gefällt und was nicht.«

»Na schön«, sage ich. »Jetzt weiß ich es also.«

Ich denke ja gar nicht daran, die hohe Kunst des Teilens ausgerechnet in meinem kostbaren Sexualleben zu erlernen!

21

VIKTOR

Was für eine Nacht!

Momentan bin ich zwar hundemüde, aber auch zufrieden mit meiner Arbeitsleistung im Club.

Joan, Claire, Jessy und vier andere Damen – sie sind alle auf ihre Kosten gekommen, daran kann kein Zweifel bestehen, es ging lautstark und wild genug zu.

Jede einzelne von ihnen hat mich außerdem für die nächsten Tage zu einem intimen Einzelrendezvous in die eigene Kabine gebeten.

Warum kann ich jetzt partout nicht einschlafen?

Noella …

Sie geht mir nicht aus dem Kopf, die Herzensprinzessin!

Warum eigentlich?

Ich bin nicht verliebt, das weiß ich!

Ich bin … ja, was denn eigentlich?

Fasziniert.

Hingerissen.

Wovon, und warum?

Vielleicht, weil sie in allem, was sie tut, so … ungemein autark wirkt.

Sie wirkt dadurch gleichzeitig frisch und unverdorben, ja, in gewissem Sinne sogar … unschuldig!

Selbst heute mitten im Swinger-Club und als sie dort zusammen mit Leandro den saftigen Porno guckte, wirkte sie so verdammt unschuldig, dass es beinahe wehtat – mir jedenfalls. Und zwar in tiefster Seele. Merkwürdiges Gefühl. Nun ja.

Kein Wunder, dass Patrick fast ausgerastet ist und wegmusste, als er sie schließlich ebenfalls entdeckte.

Die Geister, die er rief … Es ist ihm nicht gelungen, diese Geister in Schach zu halten oder gar zu bezwingen.

Freund, habe ich zu ihm in der Kabine gesagt, wohin ich ihm gefolgt bin, *du wolltest doch sogar dabei sein und zusehen, wie sie es mit einem anderen – mit mir beispielsweise – treibt und dabei kommt!*

Er war völlig fertig, hatte das Gesicht in den Händen vergraben, während ich redete. So habe ich ihn noch nie gesehen, Patrick ist normalerweise die Ruhe selbst.

Dann ist er plötzlich aufgesprungen und mir an den Kragen gegangen. Wir hatten tatsächlich einen kurzen Fight, den ich schnell beenden konnte, indem ich ihn hart zurück aufs Bett schubste.

Zu seinem Glück blieb er da hocken, ansonsten hätte ich ihm glatt einen rechten Haken verpassen müssen, und darin bin ich gut!

Ich will Patrick nicht schlagen, nicht einmal wegen der Herzensprinzessin.

Ein echter Mann schlägt nicht seinen besten Freund! Auch nicht wegen einer Frau. Man kann über alles reden.

»Hol sie raus da, rede Klartext mit ihr. Hör dir ihre Meinung zu allem an, und dann findet gemeinsam einen Weg, euer Sexleben auch ohne Swinger-Club lebendig zu halten. Ihr seid meiner Meinung nach beide nicht fürs Swingen geeignet. Vielleicht ändert sich das in ein paar Jahren, aber das könnt ihr ja in Ruhe sehen. Solange ihr ehrlich zueinander seid und euch auch weiterhin eure geheimsten Wunschfantasien anvertrauen könnt, sollte eigentlich nichts schieflaufen.«

Er hat mir dann auch die Hand hingestreckt und »Danke, Vic! Du bist ein echter Freund!« gesagt.

Und das bin ich tatsächlich, Kumpel, auch wenn mir dein Mädchen ungemein gefällt!

Jetzt grüble ich immer noch darüber nach, warum das eigentlich so ist. Was hat sie für mich, was andere Frauen nicht haben?

Oder ist es nur deswegen, weil ich ein geborener Jäger bin?

Reizt mich Noella also hauptsächlich als »Beute«, die ich noch nicht erlegen konnte?

Okay, sie ist schön und ungemein anziehend, aber das sind so viele andere Frauen schließlich auch.

Ist es, weil ich sie nicht wirklich haben kann?

Denn so ist es, ich mache mir da keinerlei Illusionen.

Selbst wenn ich sie verführen würde, was mir vermutlich noch gelänge, rein körperlich, meine ich – ihren Geist und ihren starken Willen würde ich nicht bezwingen können.

Wer Patrick und Noella zusammen sieht, der erkennt zweifelsfrei: *Das ist Liebe! Die große Liebe!*

Ich gönne den beiden ihr Glück auch von Herzen und hoffe, es bleibt ihnen viele Jahre lang erhalten, obwohl ich als geborener Zyniker und Skeptiker … Nun, lassen wir das.

Noellas große Unschuld und Anständigkeit will ich nicht knacken, es nicht einmal versuchen.

Obwohl es andererseits genau das ist, was mich so an ihr reizt! Ja, das glaube ich tatsächlich. Es muss so sein, was sonst?

Schnitt im Gedankenfilm.

Maya! Sie ist mein Seelenzwilling, das erkenne ich täglich immer mehr. Wir sind uns so verdammt ähnlich.

Wir sind beide im Grunde unseres Herzens Hasardeure, Spieler, Gaukler.

Zutiefst unfähig zu einem normalen durchschnittlichen Leben mit Haus und Familienkutsche und Garten und Kindern und Hund und Katze.

Wir haben unsere Seelen dem *Sexus* verschrieben, und das ist auch ganz in Ordnung so, soweit es uns betrifft.

Es muss Menschen wie uns geben!

Wir helfen den »normalen« Menschen dabei, ihre verborgensten Neigungen zu entdecken und auszuleben, ohne dass sie dafür auf ihr gewohntes geliebtes normales Leben und Familienglück verzichten müssen.

Sie müssten uns eigentlich alle zutiefst dankbar sein und unsere Dienste zu schätzen wissen. Und uns dafür darüber hinaus auch gleich noch von der Steuerpflicht befreien, denn wir leisten mehr als die meisten für die Gesellschaft.

Aber wie man an Mayas derzeitigen Schwierigkeiten sehen kann, wird das von der Gesellschaft gar nicht so gesehen.

Das arme Kätzchen.

Sie macht sich ernsthaft Sorgen, und das zu Recht, wie ich weiß, nachdem sie mir ihre Situation geschildert hat.

Ich bin normalerweise nicht dafür zu haben, bei einer Erpressung mitzuwirken. Aber in diesem Fall wird John McCullon wohl das Opfer sein, Maya hat keine Wahl, und ich verstehe sie.

Wenn das Kätzchen sich nicht wehrt und die Krallen zeigt, werden die Häscher es sich greifen.

McCullon kann ihr helfen, wenn er nur will, das weiß Maya. Er hat Einfluss genug und soll auch anderen »Freunden« schon aus einer ähnlichen Patsche geholfen haben.

Deshalb will Maya auch noch einmal mit ihm sprechen, um ihm die Möglichkeit zu geben, sich freiwillig »erkenntlich« zu zeigen für ihre Dienste, an denen ihm offensichtlich so viel gelegen ist.

Ich meine, er hat sich schließlich selbst in diese Situation hier auf dem Schiff hineinmanövriert!

Immerhin war auch Leandro höchst ungehalten darüber, dass sein Freund »Johnny« anstelle der eigenen Ehefrau überraschend eine »Käufliche« mit an Bord der *Yolanda* gebracht hat. Und noch dazu, ohne dass Maya von Leandros Leuten zuvor einer gründlichsten Überprüfung unterzogen worden wäre.

Die hätten mit Sicherheit rasch herausgefunden, in welchen Schwierigkeiten Maya derzeit steckt!

Probleme mit den Finanzbehörden lassen sich schwer verheimlichen, auch wenn sie ungerechtfertigt sind. Ebenso wenig wie Schwierigkeiten mit anderen offiziellen Stellen.

Leandro lässt normalerweise niemanden zu diesen Schiffspartys zu, der gerade in solchen oder ähnlichen Schwierigkeiten steckt oder sonst irgendwelchen Dreck am Stecken hat!

Weil er aus Erfahrung weiß: Wer Spaß haben will im Leben und zugleich eine Position und einen Ruf zu verlieren hat, der muss sich äußerst vorsehen, mit wem er sich herumtreibt!

Sonst ergeht es ihm am Ende noch wie vermutlich John McCullon in Kürze.

Wie gesagt, Maya hat keine andere Wahl, und wenn Johnny vernünftig ist und seine Mitverantwortung an seiner Erpressbarkeit einsieht, lenkt er ein, und die Sache wird geregelt wie unter Freunden.

Ich jedenfalls werde Maya, wenn nötig, helfen.

Ich und meine Kamera.

22

John McCullon, von seinen engsten Freunden nur *Johnny* genannt, wälzte sich ekstatisch und halblaut ächzend auf dem breiten französischen Bett hin und her, auf dem er bäuchlings lag. Mit weit gegrätschten Beinen und splitternackt.

Man konnte von hinten seine riesigen Hoden sehen und auch, dass der gedrungene Mann in diesem Moment offenbar sehr erregt war. Die rollenden Bewegungen des schweren Körpers verpassten seinem erigierten Schwanz unter ihm zwangsläufig eine saftige Massage, die Johnny nur noch weiter aufgeilte.

Johnnys ausladenden Hintern und behaarten Rücken schmückten zahlreiche blutunterlaufene Riemenspuren, ebenso die Innenseiten der Oberschenkel.

Maya achtete meistens darauf (außer letzte Nacht im Club, als sie vor Publikum härter ranging und weil Johnny es so gewollt hatte!), keine anderen Körperteile zu »verzieren«, damit Johnny sich weiterhin in kurzen Hosen und mit bis zum Bauchnabel offenem Hemd – seiner Lieblingsfreizeitkluft – auf dem Deck der *Yolanda* sehen lassen konnte.

Die heutige Peitschenrunde war auch deshalb wesentlich weniger intensiv ausgefallen als sonst, weil Johnny sich nach Ansicht seiner Herrin »erholen« musste, obwohl er selbst es eigentlich lieber anders gewollt hätte. Aber die bereits vorhandenen Striemen mussten ein wenig abheilen, befand die Meisterin.

Obendrein war die süße Qual der Verweigerung gelegentlich Teil des Spielchens – von diesem Argument ließ Johnny sich schließlich überzeugen.

Maya hatte aber natürlich trotzdem innerhalb der letzten halben Stunde dafür gesorgt, dass ihm jetzt eine ordentliche Latte stand und der Hirsch heftig dazu röhrte.

»Leiser, Sklave! Oder ich muss dich knebeln und dir anschließend die Eier lang ziehen!«, herrschte sie ihn jetzt rüde an.

Er wälzte sich plötzlich zurück auf den Rücken, dann setzte er sich im Bett auf.

Sein Ständer war wirklich beachtlich, wie er da zwischen den Schenkeln hoch aufragte. Die Eichel sah knallrot aus, verziert mit einigen Tropfen klarer Flüssigkeit vorne auf der Spitze.

»Komm näher, und beug dich runter!«, forderte Johnny rau, während er gleichzeitig seinen Ständer mit beiden Händen wie einen Prügel packte.

Der Schwanz sah aus wie in einen Schraubstock eingezwängt, nur die Eichel schaute vorne heraus und schwoll sichtlich weiter an, als Johnny den Schwengel jetzt noch fester umklammerte und dabei gleichzeitig auf und ab zu pumpen begann.

Der gesamte vierschrötige behaarte Körper bebte dabei, außerdem quollen Johnnys Augen hervor, das Gesicht verzerrte und rötete sich zusehends, sein Atem ging heftiger.

»Mach's mir, Maya, komm her, lutsch ihn!«

Das war neu, danach hatte Johnny bisher noch nie verlangt – und Maya dachte gar nicht daran, ihm den Gefallen zu tun. Dieser Service war im vereinbarten Honorar auch nicht inbegriffen.

»Du bist der Sklave, und ich bin deine Herrin!«, erinnerte sie ihn mit fester, kalter Stimme, die keinerlei Erregung verriet.

Sie musterte die Szene, die Johnny da eben bot, sogar mit einer solchen Verachtung, als fände sie den Anblick seiner animalischen Gier geradezu widerlich.

»Wir haben eine klare Abmachung abgetroffen. Erinnere dich daran! Ich bestrafe dich, ich schlage dich, ich sage dir, was ich von dir will, nicht umgekehrt! Du hast keine Wünsche anzumelden. Du bist mir ausgeliefert, solange wir hier auf dem Schiff sind.«

Hoch aufgerichtet stand sie vor dem Bett, ihre schlanke Gestalt war wieder in die an den entscheidenden Stellen offene Ledermontur gehüllt.

Allerdings fehlte dieses Mal die Gesichtsmaske, sie befanden sich ja nicht im Club, sondern in der gemeinsamen Doppelkabine.

»Los, Maya! Ich will es, ich befehle es dir!«

Er pumpte seinen Schwengel jetzt immer heftiger, hielt ihn dabei weiter wie mit einer eisernen Faust umklammert.

Sie stand da und schaute auf ihn herab, die schönen Gesichtszüge zeigten keinerlei Regung.

»Nur oben, vorne an der Spitze! Leck ihn mit der Zunge, den Rest besorge ich selbst. Ich will dir in die Kehle spritzen, du verdammtes Miststück!«

Maya zuckte kaum merklich zusammen.

Solche Schimpfworte hatte er ihr gegenüber noch niemals benutzt! Schmutzige Worte schon, als Antwort auf einen besonders scharfen Peitschenhieb. Aber das gehörte dazu.

Dies hier war etwas anderes!

Auch sein Ton klang deutlich anders als sonst, nicht mehr so devot und bettelnd, dafür aber eine deutliche Spur wütend und ... ja, verächtlich.

Das durfte sie nicht zulassen, ansonsten verlor sie die Kontrolle über ihn!

Ihre Gedanken arbeiteten fieberhaft ... Es musste ihr gelingen, ihn zu befriedigen, ohne ihre Dominanz über ihn zu aufzugeben.

Dabei kam es natürlich gar nicht in Frage, dass sie ihn in ihrem Mund kommen ließ!

Dann nämlich hätte er sie symbolisch und faktisch im Griff, und nicht umgekehrt. Das aber durfte sie nicht riskieren, niemals!

Sie hatte ihre Bitte an ihn letzte Nacht anscheinend zu früh geäußert, verdammt!

Er war ihr offenbar noch nicht genug ergeben gewesen, und jetzt ruderte er, um sich aus ihrer Abhängigkeit zu befreien. Einer Abhängigkeit, die er vorher gesucht hatte und für die er sogar das Risiko dieses gemeinsamen Ausflugs auf der *Yolanda* eingegangen war. Und nicht zu vergessen die immensen Kosten!

Sie hatte Johnny wohl unterschätzt, aber für diesen Fall zum Glück auch Vorsorge getroffen! Sie war ja nicht dumm, und außerdem hing zu viel vom Gelingen ihres Vorhabens ab, sie konnte sich keinen Fehler erlauben.

Maya warf einen raschen Seitenblick zum Kleiderschrank hinüber – auf dessen Inhalt ruhte von nun an ihre ganze Hoffnung. Manchmal musste man eben mit harten Bandagen kämpfen, da half alles nichts.

Und Johnny trug wirklich selbst die Schuld daran. Er hätte ihrer inständigen Bitte von letzter Nacht nur zu entsprechen brauchen.

Aber was machte der dumme Mensch?

Begann den starken Mann zu markieren. Deshalb wollte er sie jetzt auch in den Mund ficken, um sie zu erniedrigen. Und um sein Alphamännchentum durch diesen sexuellen Dominanzakt zu demonstrieren und zugleich zu festigen!

Sie holte aus und verpasste ihm einen Peitschenhieb quer über die Vorderseite der Oberschenkel, der auch den riesigen Hodensack noch streifte.

»Aaarrrggghhhh!«, machte Johnny vor Schmerz und Überraschung, denn damit hatte er sichtlich nicht gerechnet und sich deshalb auch nicht dagegen wappnen können, wie sonst immer.

Sie sah zu, wie sein Ständer in den kräftigen Fäusten dahinschwand, und war zufrieden. Stärke und Position des Schlages waren genau richtig dosiert gewesen.

Die Erektion war nämlich nicht völlig verschwunden, und Maya wusste aus Erfahrung, dass es in wenigen Minuten wieder so weit wäre und Johnny dann unweigerlich nach einer Fortsetzung des Spiels gieren würde.

Wenn es um Sex ging, hatte er sich noch nie im Griff gehabt.

Seine Eier waren auch schon wieder prall gefüllt, das konnte sogar ein Blinder sehen, er musste die Ladung und den daraus resultierenden Überdruck bald loswerden. Und es gab nichts, was dieses Tier von einem Mann gegen seinen natürlichen Trieb unternehmen konnte – außer natürlich abzuspritzen.

Gleich würde er sie wieder angehen, bettelnd oder fordernd, und sie musste unbedingt dafür sorgen, dass er bereit war, dieses Mal etwas Besonderes für sie zu tun.

Um schon mal zu üben, damit er sich daran gewöhnen konnte. Damit er lernte, auch mit dieser Art von Situation umzugehen, oh ja ... Nur ein kleiner Griff in die psychologische Erfahrungskiste einer versierten Domina.

Sie beugte sich vor und zog ihm die Hände vom Schwanz weg.

Solide Halbmaststellung, das genügte.

Maya nahm eine Tube mit Gleitmittel vom Nachtkästchen und ließ daraus einen mittelgroßen Klecks durchsichtiges Gel direkt auf die Haube des Schwanzes tropfen.

Anschließend begann sie damit, das angenehm kühlende Gel zunächst nur zart und langsam mit den Fingerspitzen über die gesamte Eichel zu verreiben.

Diese Übung bereits entlockte Johnny ein erfreutes Seufzen, und sein Ständer wurde zusehends wieder härter.

Konzentriert klopfte und rieb Maya daraufhin ein Weilchen den gesamten Schaft von oben bis unten und verteilte so das Gleitmittel gleichmäßig darauf.

Schließlich massierte sie mit einer weiteren Portion auch noch den Verbindungssteg bis zu den Hoden hinunter, ehe sie beschloss, es nun genug sein zu lassen.

Die Fahnenstange stand kerzengerade.

»Aufstehen, Sklave! Erheb dich, deine Herrin muss sich ausruhen!«

Tatsächlich schwang Johnny sich vom Bettrand auf.

Mit voll erigiertem Glied stand er da und sah Maya wortlos dabei zu, wie sie sich jetzt ihrerseits aufs Bett legte und die Beine so weit wie möglich spreizte.

Er konnte nun wirklich alles sehen, bis in den letzten dunkelsten Winkel hinein, und er leckte sich aufgeregt über die Lippen, die sich trocken und rau anfühlten.

Ihre rasierte Rosette inmitten des schwarzen Leders sah unglaublich einladend aus, sie leuchtete perlmuttfarben und gesund und forderte geradewegs dazu auf, sie wie von Sinnen durchzuficken.

Wieder musste er sich aufgeregt über die Lippen lecken.

Noch nie zuvor hatte sie sich ihm so präsentiert, so … preisgegeben.

Natürlich war er jetzt mehr als neugierig, was sie als

Nächstes tun würde, bei Maya wusste man ja nie … und irgendetwas hatte sie vor mit ihm, das war klar!

Sie deutete jetzt unmissverständlich zu der großen Kristallschale hinüber, die sich auf dem runden Tisch in der Mitte des Raumes befand.

Die Schale war randvoll angefüllt mit frischem Obst und verschiedenen Gemüsesorten, denn Maya war Vegetarierin und liebte Rohkost.

»Hol die Obstschale rüber ans Bett, Sklave!«

Er gehorchte ohne Murren, denn besonders beim Anblick der Weintrauben und Mohrrüben schwante ihm ein Spielchen, das ihm tatsächlich Spaß machen könnte und das sie bisher noch nie gespielt hatten.

Die Kleine ist ihr Geld wert, auch wenn sie angefangen hat, unverschämt zu werden und private Forderungen zu stellen, ging es ihm durch den Kopf.

»Nimm eine Weintraube und schieb sie mir in die Möse, Sklave!«

Auf diese Art von Befehl hatte er gewartet, ein freudiger Schauer lief ihm den Rücken hinunter, aber eigentlich war die Weintraube doch viel zu klein für seinen Geschmack, also bitte!

»Ich nehme besser gleich diese Möhre hier für dein geiles Fötzchen!«, sagte er und schwang das phallusförmige orangefarbene Teil triumphierend in der einen Faust über dem Kopf. Um es ihr zu zeigen und zu demonstrieren, was er meinte. Dazu grinste er unverschämt, mit zitternden Hängebäckchen, die er immer bekam, wenn er besonders aufgegeilt war.

Seine andere Hand legte sich derweil erneut um seinen Schwanz, der noch weiter angeschwollen war in den letzten Sekunden, und begann zu reiben.

In Johnnys Augen trat zudem ein fast schon gefährliches Glitzern, während er wieder ans Bett herantrat.

»Zuerst die Weintrauben, Sklave!«, herrschte Maya ihn an und griff nach der Peitsche, die neben ihr auf dem Bett lag.

Im nächsten Augenblick zischte der Riemen auch schon durch die Luft und traf Johnnys Hand, die kräftig den Schwanz rieb und rubbelte.

Er jaulte auf, denn die Hände sind besonders empfindlich, vor allem die Gegend um die Fingerknöchel herum, und außerdem hatte auch der Schwanz ebenfalls etwas abbekommen.

Verdammtes Weibsstück, die Haut über den Knöcheln verfärbt sich bereits, ist an manchen Stellen verletzt, das wird mich später in Erklärungsnöte bringen!

»Fang an, Sklave!«, zischte Maya ungerührt. »Auf die Knie mit dir, hörst du!«

Dieses Mal gehorchte er augenblicklich, auch weil seine Geilheit und seine Neugier bereits wieder die Oberhand gewonnen hatten über alle Bedenken.

Sie spreizte die Beine sogar noch weiter dort vor ihm auf dem Bett. Direkt vor seiner Nase noch dazu, ihr weiblicher Duft kitzelte ihn tief in der Kehle und stachelte ihn zugleich weiter an.

Zwischen Daumen und Zeigefinger nahm er nun die erste Weintraube, dann schob er ihr das Paket direkt hinein in die saftige Möse, und tiefer, bis sie ihn erneut anherrschte: »Das reicht! Jetzt hol sie wieder heraus und riech an dem Ding!«

Wieder gehorchte er.

Die Frucht schimmerte feucht von Mayas Körpersäften, und sie roch auch kräftig danach.

»Lutsch sie ab, und dann iss sie auf!«, befahl Maya und lachte, wie nur sie es konnte. Aus vollster Kehle, es klang rau und sexy zugleich.

Dieses Mal zögerte er eine Sekunde, aber dann tat er, was sie von ihm wollte, und begann zunächst, die saftige kleine Frucht abzulecken.

Vor ihren Augen zelebrierte er dann das Verspeisen der Traube, indem er die runde Kugel zwischen den Zähnen zerquetschte und den Saft zuerst hinunterschluckte, ehe er die kleinen Traubenkerne mit gespitzten Lippen über das Bett und auch in den Raum spuckte.

Mit der nächsten Traube wiederholte er das Spiel, und schließlich noch mit einer dritten.

»Jetzt gib mir die Möhre, Sklave!«, erklang der nächste Befehl der Herrin, auf den er bereits sehnsüchtig gewartet hatte.

Blitzschnell führte Sklave Johnny ihn aus, denn jetzt kam wohl der wirklich interessante Part des Spielchens, der Part, auf den er sich besonders konzentrieren wollte.

Maya nahm ihm die Möhre sofort ab und bestrich das Teil von oben bis unten mit Gleitmittel, und zwar auf eine Art und Weise, dass es so aussah, als handelte es sich tatsächlich um einen Schwanz.

Johnny leckte sich mit der Zunge über die fleischigen Lippen. Er freute sich darauf, jetzt gleich seine »Herrin« mit dem Ersatzschwengel kräftig durchzuficken, ihr die Schläge heimzuzahlen und ihre unverschämte Bitte von letzter Nacht, die ihm verraten hatte, dass sie im Begriffe stand, seine Gutmütigkeit über Gebühr auszunutzen.

Er würde ihr das Ding so tief und hart und vor allem so lange hineinrammen, bis sie ihn irgendwann um Gnade anbetteln würde. Und selbst dann würde er noch ein Weilchen weitermachen, bis ihre Möse wirklich wund war – und wenn sie hinterher tagelang weder sitzen noch laufen konnte, ihm sollte es recht sein!

Ihm die Peitsche geben – das konnte sie schließlich auch und vor allem im Stehen, er würde weiterhin auf seine Kosten kommen, bis diese kleine Schiffsreise hier vorüber wäre.

Ihr aber würde es eine Lehre sein!

Wenn er mit der Möhrenfickerei an ihr fertig wäre, würde er anschließend auf ihren hübschen gebräunten Körper abwichsen und ganz zum Schluss – als Krönung sozusagen – schließlich auch noch auf sie urinieren.

Diese Fantasie hatte er schon lange einmal ausleben wollen, aber im letzten Moment dann doch immer wieder Skrupel bekommen, selbst bei einer käuflichen Frau.

Aber die hier war eindeutig zu weit gegangen, sie verdiente diese Demütigung.

Er wurde alleine bei dem Gedanken daran schon

bretthart. Und musste tatsächlich aufpassen, nicht zu früh abzuspritzen!

In diesem Moment rollte Maya sich auf den Bauch.

Dann steckte sie sich vor seinen Augen die vom Gleitmittel triefende Mohrrübe selbst zwischen die Hinterbacken und schob sie ein ganzes Stück weit in ihren Anus hinein.

Johnny stand da neben dem Bett, den Schwanz in der Hand und glotzte wie ein Fisch mit starren Augen, erregt und fasziniert und überrascht zugleich.

Dann begann ihm allmählich zu dämmern, was sie vorhatte, und er wollte schon zugreifen, um die Karotte unter seine Kontrolle zu bringen, aber es war zu spät.

Blitzschnell hatte Maya das Ding aus ihrem Hintern herausgezogen, sich zurück auf den Rücken gedreht, und jetzt saß sie aufrecht im Bett, ein listiges Glitzern in den dunklen Mandelaugen.

Schon hielt sie ihm das Ding unter die Nase, ganz dicht!

Johnny wich zurück, aber nicht weit genug, die Peitsche reichte weiter und traf erneut die Hand um den Schwanz.

»Beiß ab, Sklave! Verspeise die gesunde Karotte, sie wird dir guttun, jede Menge Vitamine!«

Wieder holte sie mit der Peitsche aus, aber noch schlug sie nicht zu.

Johnny, der kein Risiko eingehen wollte bei seiner verletzten Hand, biss herzhaft in das Gemüse.

»Brav, Sklave, sehr brav!«, sagte die Herrin mit völlig unbewegtem Gesichtsausdruck. »Jetzt darfst du dir einen abwichsen.«

Er war wütend, weil es ihr gelungen war, ihn auszutricksen und zu demütigen – und dennoch über alle Maßen erregt, und er konnte nicht widerstehen, jetzt genau das zu tun, was sie ihm soeben großzügig gestattet hatte. Seine Eier platzten ja schon fast ... Johnny begann wie wild seinen Schwanz zu schubbern.

Innerhalb weniger Minuten spritzte er heftig und in hohem Bogen ab. Auf Maya, die einfach dalag auf dem Bett und ihn nachdenklich musterte, während er vor Lust laut knurrend explodierte.

Anschließend gelang es ihm tatsächlich, auch noch ein wenig Urin durch den steifen Schwengel nach außen zu pumpen, aber der Strahl war nicht stark genug, um die Herrin zu treffen, sondern benetzte lediglich die Bettlaken.

Der Kabinensteward würde sie ohnehin später für die kommende Nacht wieder wechseln.

Immerhin fühlte sich dieses Nachspiel recht nett an, Johnny beschloss, es bei passender Gelegenheit einmal zu wiederholen, und zwar richtig.

Anschließend bot Maya ihm an, zuerst ins Badezimmer und unter die Dusche zu hüpfen, und Johnny nahm das Angebot an.

Jetzt, nachdem sein Schwanz wieder völlig schlaff geworden war, musste er nämlich wirklich dringend urinieren.

Als er nach nebenan verschwunden war, sprang Maya lautlos und behände wie eine Katze vom Bett hoch und huschte hinüber zu dem großen begehbaren Kleiderschrank, dessen gläserne Schiebetüren vorne an der Front einen gut handbreiten Spalt weit geöffnet waren.

Vorsichtig schob sie die Türen weiter auf, bis der entstandene Spalt ihr groß genug erschien: »Du kannst rauskommen, beeil dich!«, flüsterte sie.

Als Nächstes huschte sie weiter zur Kabinentür, öffnete sie leise und vorsichtig und steckte den Kopf hinaus.

»Die Luft ist rein, rasch jetzt!«

Sie wedelte mit einer Hand nach jemandem, der sich hinter ihrem Rücken befand, während sie diese Worte flüsterte, dann trat sie rasch zur Seite.

Schon war der Mann aus der Kabine, und sie drückte hinter ihm erleichtert und lautlos die Tür wieder ins Schloss.

Ein zufriedenes Lächeln lag dabei um Mayas schönen blutrot geschminkten Mund.

Das Fotomaterial dieses Nachmittags würde hinreichend aussagekräftig sein …

23

PATRICK

Einen Tag nach der missglückten Swinger-Nacht bin ich psychisch immer noch fix und fertig.

Ich rede mit niemandem darüber, nicht mit Noella, aber auch nicht mehr mit Viktor. Er hatte mir seine Meinung deutlich und ehrlich genug gesagt, und es liegt jetzt an mir, mich mit meiner inneren Ambivalenz auseinanderzusetzen.

Eines habe ich jedenfalls gelernt: Es sind zwei verschiedene paar Stiefel, eine Sexfantasie im Kopf zu haben und sie dann auch in die Tat umsetzen zu wollen.

Ich bin kläglich an mir selbst gescheitert. Ich dachte, es würde mich total aufgeilen, dabei zuzuschauen, wie Noella mit einem anderen Mann Sex hätte. Tatsächlich aber bin ich innerlich ausgerastet, als ich sie dann mit Leandro da in der lauschigen Kuschelecke entdeckte.

Am liebsten hätte ich mich auf ihn gestürzt und ihn verprügelt, der Drang wurde so unbezähmbar, dass ich sofort aus dem Club stürmen musste und mich damit vor aller Augen zum Narren gemacht habe.

Ich kann nur hoffen, dass die übrigen Anwesenden viel zu sehr mit sich selbst beschäftigt waren!

Ich glaube, ich hätte anschließend unsere Kabine kurz und klein geschlagen, wenn Viktor mir nicht gefolgt wäre und mich beruhigt hätte.

Immerhin ist mir eines nunmehr klar: Ich bin nicht bereit, die Herzensprinzessin zu teilen, auch nicht, wenn es »nur« um Sex geht.

Ich habe außerdem beschlossen, dass, falls ich jemals mit einer anderen Frau vögeln sollte, ich es strikt für mich behalten und dafür Sorge tragen werde, den Seitensprung vor Noella für alle Zeiten zu verbergen.

In den nächsten Tagen werde ich mit ihr reden und sie bitten, es umgekehrt genauso zu halten.

Ich würde es ebenfalls nicht erfahren wollen, wenn sie mit einem anderen schliefe.

Ich bin nicht weltfremd genug – ganz im Gegenteil, wie sollte es bei meinem Beruf auch anders sein, man sieht und erfährt einfach zu viel –, um nicht zu wissen, dass kaum ein Menschen seinem Partner ein ganzes langes Leben lang körperlich völlig treu zu bleiben kann.

Seelisch-geistig liegt die Sache hingegen völlig anders!

Ich werde die Herzensprinzessin immer, und zwar wirklich bis zum letzten Atemzug, lieben und verehren.

Damit ihr dies bei mir ebenfalls gelingen kann, darf ich mich nie von ihr erwischen lassen, falls …

Es würde sie zutiefst verletzen, das war die gute Einsicht aus dem Swinger-Abend – ich habe genau gemerkt, es passte Noella ganz und gar nicht, dass Jessy mich aufs Korn genommen hatte.

Mir ehrlich gesagt auch nicht wirklich, aber als Mann reagiert man trotzdem schnell mit Geilheit, auch wenn einem nicht so wahnsinnig nach der anderen Frau ist. Aber das nur nebenbei. Ist ja auch eigentlich eine Binsenweisheit: Männer können nun mal schlecht »Nein, danke!« sagen, wenn sie *es* angeboten bekommen.

Jedenfalls ging es der Herzensprinzessin in dem Moment so wie mir vorher.

Ich habe daher gleich reagiert und bin Noella gefolgt, als sie mich rief. Das Zittern in ihrer Stimme war mir Warnung genug. Es ging mir durch und durch.

Ich werde mit Noella über diese Dinge sprechen, sobald wir wieder in Key West gelandet und von Bord gegangen sind.

Solange diese verrückte Party hier auf der *Yolanda* tobt, müssen wir eben mitspielen. Immerhin ist der Job gut bezahlt und bereichert unseren gemeinsamen Erfahrungsschatz.

Und nun steht uns heute Nachmittag auch noch dieser ominöse »Ausflug auf eine einsame Insel« ins Haus. Weswegen ich jetzt auch schleunigst in die Bar rübermuss, um literweise Rumpunsch anzusetzen und die Getränkeliste aufzustellen, damit die Ausflugsgäste auf dem Eiland nicht verdursten.

Es lebe Leandro O. mitsamt seinen amüsanten Einfällen, eine illustre Gästeschar bei Laune zu halten.

24

NOELLA

Merkwürdige Situation: Patrick und ich sprechen über alles Mögliche, bloß nicht über die Nacht im *Yolanda*-Club.

Dabei weiß ich, ich spüre es einfach, er möchte unbedingt mit mir über das reden, was wir da drinnen gesehen und erlebt haben.

Mir geht es genauso, bloß den Anfang mag ich nicht machen und werde es deshalb auch nicht tun.

Ich meine, schließlich hat der Sunnyboy diesen Job angenommen – für mich gleich mit! –, und wusste genau Bescheid, was uns hier auf der *Yolanda* erwarten würde.

Ja, wir werden reden müssen, so viel steht fest.

Böse auf Patrick bin ich nicht, und die Erfahrungen möchte ich auch nicht missen, wenn ich ehrlich bin.

Denn meine journalistische Neugier und Recherchewut wurden beide durchaus befriedigt, anders kann ich es nicht sagen. Ich werde etwas aus dieser Schiffsreise machen, einen Artikel oder vielleicht einmal ein Buch.

Viktor ist es gelungen, heimlich einige Fotos selbst

im Club zu schießen, das hat er mir verraten, als ich ihn heute Morgen kurz alleine sprechen konnte.

Er dürfte das Bildmaterial mittlerweile sogar schon in seinen Laptop eingespeichert und per E-Mail an mich abgeschickt haben. Jedenfalls hatte er mir das versprochen. Wie gut, dass jede Kabine über einen eigenen Internetanschluss verfügt, dank Leandros großzügiger Lebensart.

Für heute Nachmittag steht ein Bootsausflug auf dem Plan. Dazu werden alle Gäste auf die beiden Rettungsboote verteilt und auf diese kleine einsame Insel gerudert, um dort zu schwimmen, zu schnorcheln oder zu tauchen. Oder auch einfach nur in der Sonne zu schmoren, je nach Lust und Laune.

In der Küche bereiten sie zu dem Zweck gerade ein aufwändiges Picknick vor, während Patrick sich um die passenden Getränke kümmern muss.

Ich assistiere ihm und soll vor allem die Kühltaschen bestücken und tonnenweise Eiswürfel ranschaffen.

Dieses Mal muss auch der Kapitän mit, ein blonder Hüne namens Lars Torsson. Er ist nämlich für die Überfahrt in den Rettungsbooten auf die Insel verantwortlich, während die *Yolanda* draußen in tieferem Gewässer ankert.

Angeblich kommt Leandro oft zum Ausspannen auf das Eiland. Dieses Mal hat er zur Abwechslung halt wieder eine Horde Gäste dabei.

Ich bin gespannt auf den Ausflug. Und besonders darauf, wie es dabei zugehen wird. Mittlerweile haben sich ja schon die verschiedensten Pärchen gebildet oder umgebildet, wobei ich längst den Überblick verloren habe, wer gerade mit wem.

Der Kapitän ist übrigens Schwede und steht schon seit Jahren auf der *Yolanda* bei Leandro in Diensten. Ein eher scheuer Mann, der sich kaum irgendwo länger blicken lässt, sondern meistens oben auf der Brücke seinen absolut nicht leichten Job macht. Am Abend taucht er schon mal in der Bar auf für einen Drink oder höchstens mal zwei, daher konnte ich mir ansatzweise ein Bild von ihm machen.

Ich habe den Eindruck gewonnen, dass unser Kapitän von Seiten Leandros ziemlich unter Druck steht. Leondro schnauzt seine Angestellten auch schnell und gerne einmal an, wenn ihm etwas nicht passt. Und das kommt des Öfteren vor, weil er ein äußerst penibler Mensch ist, geradezu zwanghaft.

Allerdings sind die Gehälter an Bord dermaßen gut, sogar für eine Hilfskraft wie mich, dass man dafür einiges in Kauf nimmt.

Selbst einen bordeigenen Swinger-Club, wo die normalen Angestellten wie Stewards oder Matrosen ohnehin nicht zugelassen sind.

Mal sehen, was uns der heutige Nachmittag an weiteren und neuen Überraschungen auf der »Schatzinsel« bescheren wird.

25

VIKTOR

Jetzt sind wir also auch noch reif für die Insel, dank Leandros ausgefeiltem Unterhaltungs- und Ausflugsprogramm.

Patrick und Noella, das gesamte Küchenpersonal sowie einige Matrosen, die für die Rettungsboote und die Überfahrt unter Leitung des Kapitäns verantwortlich sind, reißen sich im Moment beide Beine aus, um die Sache möglichst lautlos und unbemerkt von den Gästen zu organisieren.

Mein großer Einsatz kommt dann drüben auf dem lächerlichen Eiland, wo es mit Sicherheit heiß wie in der Hölle sein wird.

Ich nenne es »Plantschen mit Damen«!

Sie werden sich alle im sexy Minimal-Bikini oder auch gleich ohne präsentieren und in der sanften karibischen Brandung herumhopsen wollen, und ich muss überall dabei sein, ganz klar.

Im Wasser, unter Wasser, über Wasser, Hauptsache, die Mädels ohne feste männliche Begleitung haben auch ihren Spaß. Und nicht nur die, einige der anwesenden Ehefrauen haben mir ebenfalls eindeutige Angebote unterbreitet – wie das eben so ist im Leben. Auch da werde ich wohl ranmüssen.

Ich habe im Übrigen heute Morgen alleine in meiner Kabine und beim Sichten des heimlich angefertigten Fotomaterials eine wichtige Entscheidung getroffen: Ich werde Maya aus der Patsche helfen!

Daher muss ich gleich noch versuchen, einige Worte mit dem Kätzchen zu wechseln, ehe wir die Boote besteigen.

Ihre Idee, diesen Politikerheini McCullon mit Hilfe einiger eindeutiger schmutziger Fotos zu erpressen, halte ich nämlich mittlerweile und nach gründlichem Nachdenken für zu abgedreht.

Und vor allem für zu gefährlich!

Er hat jede Menge einflussreiche Freunde. In diesen Kreisen weiß man sich zu wehren. Eines Tages findet man Maya dann irgendwo in einer schmutzigen dunklen Ecke von Los Angeles oder New York mit durchschnittener Kehle.

Leute wie Maya und ich müssen vorsichtig sein. Einerseits begehrt und geliebt wegen unserer speziellen Dienste und Talente, schickt man uns gerne zum Teufel, wenn wir anstrengend oder lästig werden.

Darum habe ich heute Morgen für mich beschlossen, diesem reichen Kunstsammler mein Gemälde von Maya nun doch zu überlassen. Er will es haben, und er soll es zum gebotenen Höchstpreis bekommen.

Es ist nur gerecht, wenn ich die Kohle anschließend direkt auf Mayas Konto überweisen lasse, immerhin trägt sie auf dem Kunstwerk ihre nackte Haut zu Markte.

Sie kann damit locker ihre Steuerschulden tilgen, es bleibt sogar noch ein hübsches Sümmchen übrig.

Für den Rest des Geldes – das möchte ich Maya gleich ebenfalls vorschlagen – kann sie mir ja Anteile an ihrer »Firma« überschreiben. Damit sind wir dann ab sofort auch Geschäftspartner, und ich hätte ein weiteres berufliches Standbein.

In Zukunft kann und werde ich dann ein wachsames Auge auf die Bücher und Konten der Firma haben, damit ein solch prekärer Fall nie wieder eintritt.

Das Kätzchen und ich werden Partner, beruflich und privat. Zumindest, wenn es nach mir geht, aber dafür sorge ich schon.

Man bekommt, was man denkt. Man denkt, was man will.

Ich will.

26

Auszug aus dem Logbuch der Yolanda, *vom 13. September 2006*

(Inhalt stark verkürzt wiedergegeben, so fehlt etwa die genaue Position der Yacht. Weitere Details können im Polizeibericht der Küstenwache von Key West/Florida vom Monat September 2006 in allen Einzelheiten nachrecherchiert werden)

Am frühen Nachmittag des 13. September verlassen 21 Personen mittels der beiden Rettungsboote und eines weiteren Dingis die Yolanda zu einem Picknick- und Badeausflug. Ziel ist ein nahe gelegenes unbewohntes Inselatoll. Am frühen Abend kehren 20 Personen auf dieselbe Weise zurück an Bord der Yolanda.

Ein männlicher Passagier wird zu dem Zeitpunkt vermisst. Der Mann war vermutlich beim Schnorcheln an einem Korallenriff in eine plötzlich auftretende Wirbelströmung geraten und hatte einen Herzanfall erlitten. Trotz sofort eingeleiteter Suchaktion von Seiten anderer Passagiere konnte die verunglückte Person bedauerlicherweise nicht gefunden und geborgen werden.

Kapitän Lars Torsson unterrichtete daraufhin sofort die Behörden und die Küstenwache von dem Vorfall. Eine weitere großangelegte Suchaktion wurde von offizieller Seite eingeleitet.

Die Besatzung der Yolanda *erhielt und befolgte am Abend um 19.33 Ortszeit den Befehl »Anker los« und nahm weisungsgemäß Kurs auf Key West.*

27

NOELLA

Was für ein Tag, ich werde ihn wohl nie im Leben vergessen!

Dabei fing alles so überaus angenehm an: Das Inselchen hatte tatsächlich was, ich mochte es sofort.

Es bestand fast nur aus Strand, wobei sich sandige Abschnitte mit kleinen felsigen Buchten abwechselten.

Es wuchsen einige riesige Palmen darauf, ansonsten wirkte das Eiland eher karg, aber ich verstehe nicht viel von Botanik, insbesondere von der Vegetation in diesen Breitengraden. Niedriges Gestrüpp und eine Art Gras mit fast hüfthohen bräunlichen Halmen, die sich in der sanften Brise wiegten, gab es jedenfalls auch. Und einige sanfte Hügelchen.

Das Meer ringsherum schimmerte wunderschön smaragdgrün, das Wasser war herrlich klar und warm.

Ein richtiges kleines Paradies wie aus einem Touristikwerbepospekt. Fast schon kitschig, so schön und friedlich anzusehen. Eine Inselidylle.

Außerdem gab es auch noch ein Korallenriff etwas weiter draußen, weswegen größere Yachten wie die *Yolanda* hier auch nicht näher rankönnen, sie würden auflaufen, sich den Bug aufreißen oder was sonst noch.

Jedenfalls sollen die Gewässer dieser Gegend, aller äußerlichen Schönheit zum Trotz, nicht ungefährlich sein. Es gibt tückische Unterwasserströmungen und hin und wieder auch Haie, draußen bei den Korallen, weil da die bunten tropischen Fische sich in großen Schwärmen tummeln.

Als ich das hörte, beschloss ich augenblicklich, nicht mit zum Schnorcheln rauszugehen – ich kann Haie nicht leiden, und jeder Schatten im Wasser unter mir macht mich nervös –, sondern mich mit dem feuchtfröhlichen Strandleben zu begnügen, wie es die meisten anderen Frauen auch vorhatten.

Außerdem musste ich Patrick dabei helfen, die Getränke auszuschenken, wir waren immerhin in erster Linie zum Arbeiten hier.

Es war heiß, obwohl Leandro an alles gedacht hatte und weiße Sonnenzeltdächer hatte aufspannen lassen. Die spendeten zwar Schatten und hielten die Sonne bestimmungsgemäß davon ab, einem das Gehirn aus dem Schädel zu brennen, aber sehr warm war es trotzdem noch.

Dementsprechend durstig waren bald alle, und Patricks Rumpunsch ist besonders lecker. Und tückisch stark.

Schnell lockerte sich die Stimmung immer mehr auf. Die ersten Ladys entledigten sich ihrer Bikinis und liefen kichernd in die sanfte Brandung.

Die Wangen der Männer röteten sich zusehends,

während die Witze und Anspielungen schlüpfriger wurden.

Ich machte mich darauf gefasst, dass dieser Nachmittag einen clubähnlichen Charakter annehmen könnte. Denn genau das hing in der tropisch feuchtheißen Luft: ein kräftiger Hauch von Sex. Es roch nach Meer, nach Tang, nach Moschus. Ungelogen. Ach ja, ein wenig brackig auch, wenigstens in Strandnähe.

John McCullon baute sich plötzlich vor mir auf, als ich gerade damit beschäftigt war, einen weiteren der verschweißten Beutel mit Eiswürfeln aufzureißen.

»Dieser Rumpunsch ist viel zu süß für meinen Geschmack! Kann man hier auch so was Profanes wie ein Heineken haben, Schätzchen?«, fragte er und stierte mich ungeniert an in meinem roten Bikini.

»Aber klar!«, sagte ich und reichte ihm eine grüne Dose aus der Kühltasche. »Cheers!«

Er sagte nichts, nahm nur die Bierdose, riss sie auf und ließ dabei die Glubschaugen nicht von meinen Brüsten.

Das machte mich keineswegs an, wie er vielleicht dachte, ich mochte den Mann einfach nicht. Auch die deutliche Ausbuchtung in seiner Boxershorts konnte daran nichts ändern.

Ich sah mich um und entdeckte zu meiner Erleichterung Maya, die eben erschien und auf uns zukam. In einem wahrhaft atemberaubend geschnittenen Badeanzug, der viel erotischer war, als bloß nackte Haut es sein könnte.

Sie schien heute ausnehmend guter Laune zu sein.

»He, Johnny, hier steckst du also?«, rief sie und lachte ihn ungeniert an. »Trink nicht so viel Alkohol, wir wollten doch rausschwimmen zum Riff und schnorcheln!«

Er musterte sie von oben bis unten, unverschämt und frech, ja herablassend. Ich wäre ausgerastet an ihrer Stelle, aber sie blieb völlig cool, vermutlich gehörte es für sie einfach zum Job dazu, und sie kannte ihn ja wohl auch zur Genüge.

Trotzdem wurde ich den Eindruck nicht los, er wollte sie in diesem Moment provozieren und beleidigen, außerdem schien er mir heute besonders schlechte Laune zu haben. Aber eigentlich war er in meinen Augen ja immer ein Ekelpaket, vielleicht fehlte mir einfach die Fähigkeit zur Differenzierung.

»Das kann ich noch, und wenn ich stockbesoffen bin!«, sagte Johnny dann laut und derb – und fügte gleich noch hinzu: »Und benimm dich gefälligst nicht wie die gottverdammte Ehefrau, die du nicht bist, Maya Brown! Einmal Hure, immer Hure, das weißt du doch!«

Dann stapfte er mit der Heineken-Dose in der Hand davon, und Maya folgte ihm doch tatsächlich mit gesenktem Kopf wie ein geprügeltes Hündchen.

In diesem Augenblick tat sie mir echt leid, auch wenn ich von Anfang an aus ihrer Person nicht schlau geworden bin.

Kurz darauf war ich wieder vollauf beschäftigt. Patrick und ich schufteten fast im Akkord, der Alkohol floss in Strömen.

Irgendwann sah ich zufällig mal wieder von der Arbeit hoch und bemerkte Maya und McCullon, wie sie einträchtig nebeneinander ins Wasser stapften, der Brandung entgegen. Sie trugen Flossen an den Füßen und Taucherbrillen mit Schnorchel um die Stirn.

Aha, frisch versöhnt und zu neuen Abenteuern bereit. Hat sie ihn doch rumgekriegt, dachte ich noch.

Dann schenkte ich weiter Rumpunsch aus und sammelte leere Gläser ein. Zwischendurch genehmigte ich mir auch selbst einige Gläschen, ich war richtig guter Laune trotz der Schufterei. Die Kulisse war einfach zu berauschend, um sich von der ferienseligen Stimmung nicht anstecken zu lassen.

Patrick grinste mich immer wieder von der Seite her an und zwinkerte mir frech zu. Bei jeder passenden und unpassenden Gelegenheit schob er mir rasch einen Finger ins Bikinihöschen oder in die Körbchen, und ich kam allmählich richtig schön in Stimmung.

Je betrunkener und ausgelassener die Gäste wurden, desto mehr Leute verzogen sich zu zweit oder in größeren Grüppchen ins Gelände oder auch in die sanfte Brandung.

Patrick flüsterte mir zu: »Ich glaube, wir können uns bald ein wenig absetzen, Herzensprinzessin!« – ehe er mich auf eine Art und Weise küsste, die mir deutlich zeigte, wozu und warum er das vorschlug.

Er verschwand kurz darauf, um aus dem Dingi, das man an den Strand gezogen hatte, die letzte Großpackung Heineken zu fischen, als Viktor plötzlich hinter mir auftauchte.

Zuerst bemerkte ich ihn nicht, aber dann kitzelte etwas meinen nackten Rücken. Ich drehte mich um, und da stand er, mit einem dieser bräunlichen langen Halme in der Hand und lächelte mich richtig zärtlich und beinahe schüchtern an.

Prompt war ich gerührt, wie immer bei seinem Anblick.

»Hast du Maya gesehen, Herzensprinzessin? Ich müsste ihr dringend etwas sagen, ich hatte sie vor der Abfahrt gesucht und nicht gefunden, und jetzt scheint sie schon wieder spurlos verschwunden zu sein.«

»Sie ist mit ihrem Begleiter draußen am Riff zum Schnorcheln«, sagte ich.

Er sah auf einmal richtig besorgt aus und starrte ein Weilchen mit zusammengekniffenen Augen aufs Meer hinaus. Aber wegen der größeren Wellen da draußen konnte man nichts sehen, außerdem waren die beiden ja wohl auch unter die Wasseroberfläche abgetaucht. Logischerweise.

Mir war in den letzten Tagen bereits aufgefallen, dass Viktor sich von mir zurückgezogen hatte, obwohl er mich weiterhin sehr mochte, auch das spürte ich genau. Ebenso war mir aufgefallen, wie er immer tiefer in Mayas Netze geriet, obwohl ich gerade das – von ihrer Schönheit mal abgesehen – ganz und gar nicht nachvollziehen konnte.

Und dann ritt mich plötzlich der Teufel, höchstpersönlich!

Ich schielte zu Patrick hinüber, den gerade zwei äußerst leichtbekleidete Damen – Claire und Jessy, ausgerechnet! – mit Beschlag belegten und ihn wohl dazu überredeten, mit ihnen zusammen einige Drinks zu zischen, jedenfalls gab er mir ein entsprechendes Handzeichen, und ich wandte mich erneut Viktor zu: »Lust zu einem kleinen Strandspaziergang?«, fragte ich sanft und lächelte.

Er zögerte nur ganz kurz, dann nickte er.

Wirklich völlig spontan bückte ich mich und hob einen blauweiß gestreiften Strandball auf, den ich mir unter den Arm klemmte … Einige der Damen hatten damit vorhin im Wasser gespielt und herumgealbert und ihn jetzt achtlos und zufällig genau vor meine Füße gekickt.

Mit meinem Alibi unter dem Arm marschierte ich los, Viktor kam mir nach und ging schließlich an meiner Seite.

Wir sprachen nichts, hielten auch nicht Händchen, unsere Körper berührten sich ebenfalls nicht! Und doch lag ein Knistern, eine ungeheure Spannung zwischen uns, von der ich wusste, dass er sie genauso spürte wie ich. Solche Dinge passieren in einer Zweierkonstellation nie nur einem.

Instinktiv suchten und fanden wir bald einen entlegenen Strandabschnitt, wo wir alleine waren.

»Ich brauche eine Abkühlung in der Brandung«, hörte ich mich flüstern. »Kommst du mit? Aber ich muss dich warnen, ich werde nämlich versuchen, dich zu verführen!«

»Bist du sicher, Noella?«, fragte er sanft.

»Ja!«, erwiderte ich fest.

Und genau das tat ich dann auch …

Ich legte mich in die flach auslaufende Brandung, rollte mich auf den Bauch herum, unter meinem Becken befand sich der mit Luft gefüllte Plastikball.

Der winzige Tangaslip ließ meine Pobacken aufreizend aus dem Meer hervorschimmern, ich wusste es.

Ich hatte mich außerdem auf den Unterarmen abgestützt und im Wasser die Zehen fest im Sand vergraben, damit ich besseren Halt bekam.

Für einen zufällig vorbeikommenden Zuschauer musste es so aussehen, als würde ich total entspannt im Wasser relaxen.

»Komm her, Viktor, worauf wartest du?«

Schon lag er auf mir, ich spürte sein Herz hinten an meinem Rücken hämmern und weiter unten die starke Erektion, die er mir in die Kerbe zwischen den Pobacken drückte.

Noch war sein Schwanz artig verpackt im Calvin-Klein-Slip, noch konnten wir beide einen Rückzieher machen.

»Fick mich, Viktor!«, sagte ich. »Nur dieses eine verdammte Mal. Es wird für immer unser kleines Geheimnis bleiben, ich vertraue dir!«

Als Nächstes spürte ich, wie er tief und hart in mich eindrang, und sofort überfiel mich eine geradezu irrsinnige Lust.

Der Ball unter mir hob mein Becken an, und anscheinend stimulierte gerade dadurch Viktors Schwanz unmittelbar und in einem passenden Winkel meinen Lustknopf tief in mir.

Ich ahnte bereits seit einiger Zeit – seit ich mit Patrick zugange war, um genau zu sein –, dass sich dieses ominöse Fleckchen, *G-Punkt* genannt, bei mir weit hinten und rechts oben befinden musste.

Jetzt wusste ich es also mit Sicherheit – ich glaube, Viktor brauchte nur drei oder vier kräftige Stöße, und schon hob ich ab und explodierte in einer einzigen großen unbeschreiblichen Lustwelle. Die ihn gleich mitriss, er konnte sich gerade noch aus mir zurückziehen, dann spürte ich seinen warmen Samen über meinen Rücken spritzen.

Vielleicht waren wir – abgesehen von der ungewöhnlichen Stellung und dem G-Punkt – auch einfach deswegen so schnell und heftig explodiert, weil die Spannung zwischen uns sich so lange aufgestaut hatte. Seit dem Augenblick, als er mich am Flughafen in Miami in Empfang genommen hatte. Wie auch immer, es hatte wohl so kommen müssen, es war passiert, und jetzt war es vorbei. Wir wussten es beide, und wir bedauerten es beide nicht.

Anschließend schwammen wir ein Weilchen im Meer, was herrlich war und uns erfrischte. Wir küssten uns nicht an diesem Tag, kein einziges Mal.

Als wir zu den anderen zurückkamen, hatten sie gerade Maya aus dem Meer gefischt, die sich am Strand zusammenkrümmte und einen Schwall Wasser in den Sand erbrach.

Zu diesem Zeitpunkt war John McCullon bereits spurlos verschwunden.

Übrigens: Das neckische Spielchen mit dem Wasserball in Ufernähe hatte ich Wochen vor meiner Abreise nach Key West in einem Zeitschriftenartikel beschrieben gefunden.

Ich war amüsiert über diesen und ähnliche »Stellungsratschäge«, mehr nicht, dachte aber auch schon daran, die Übung eines passendes Tages einmal nachzu»sexen«, mit Patrick, versteht sich.

Nun ja, wie das Leben und der Zufall so spielen …

Die Überschrift jenes Artikels habe ich auch noch im Kopf, sie regte mich ja überhaupt erst zur weiteren Lektüre an: *AQUA-SUTRA.*

EPILOG

Die Leiche von John McCullon wurde nie gefunden, die Suche eine Woche nach dem Vorfall offiziell eingestellt.

Die Presse berichtete über einen tödlichen Badeunfall des Politikers und Kongressmitglieds.

Natürlich wurden die Gäste und das Personal noch an Bord der *Yolanda* in Key West von der Polizei verhört, ebenso Leandro O.

Es gab keine Auffälligkeiten, keine Widersprüche und daher auch keinerlei Verdachtsmomente gegenüber Dritten.

Mayas Aussage hinsichtlich der plötzlichen tückischen Strömung und ihr eigener Beinahe-Unfalltod wurden zu Protokoll genommen und rundeten das Bild vom tragischen Badeunfall ab.

Noch ehe die Polizei an Bord kam, hatte Leandro O. Viktor davon überzeugen können, am besten sofort in Mayas Kabine umzusiedeln, wo vorher Johnny campiert hatte. Dessen persönliche Sachen hingegen waren ebenso rasch in Viktors Single-Bleibe geschafft worden. Nur zur Sicherheit und um jeden Skandal zu vermeiden. Immerhin war Johnny verheiratet, Mitglied der Republikanischen Partei und katholisch noch dazu.

Nur wenige Tage später flogen Noella und Patrick zusammen nach München. Sie hatten gemeinsam beschlossen, dass es das Beste wäre – nicht nur im Hinblick auf Noellas geplante journalistische Laufbahn –, hier ihr zukünftiges Glück zu suchen, als Paar und überhaupt.

Viktor flog mit Maya nach Los Angeles zurück. Seine Pläne gingen wunschgemäß auf, ihre Probleme waren rasch behoben.